DU MÊME AUTEUR

Aux Éditions Gallimard :

LES EMMURÉS, *roman.*
LOIN D'ASWERDA, *roman.*
LA MAISON DES ABSENCES, *roman.*
DONNAFUGATA, *roman.*
CONCILIABULE AVEC LA REINE, *roman.*
EN DOUCEUR, *roman.* (Folio n° 2529)
LE ROUGE ET LE BLANC, *nouvelles.*

Aux Éditions Christian Pirot :

RABELAIS.

Aux Éditions du Cygne :

RICHARD TEXIER.

DEMAIN LA VEILLE

JEAN-MARIE LACLAVETINE

DEMAIN
LA VEILLE

roman

GALLIMARD

Aux gens

« D'abstraites fureurs m'agitaient, et je croyais le genre humain perdu, je baissais la tête et il pleuvait, je ne disais pas un mot à mes amis et l'eau entrait dans mes souliers. »

ELIO VITTORINI
Conversation en Sicile

1

Un fumet caractéristique lui parvint depuis l'entrée de la caverne : on allait encore manger du ptérodactyle. Sans doute y aurait-il à nouveau des discussions, des contestations, voire des échanges de coups ou des jets de silex, au sujet du partage de la viande. La joue de l'animal constituait le morceau le plus convoité. Son attribution dépendait de la force de persuasion mise en œuvre, mais aussi de la place occupée dans la hiérarchie de la tribu. Noah, encore une fois, se contenterait d'un jarret sec et ligneux, ou de la mâchoire inférieure, pauvre en chair et hérissée de dents tranchantes. Il sucerait pensivement ses os à l'écart de la horde, sans chercher à apaiser les conflits qui ne manqueraient pas d'éclater.

L'arrivée du feu, deux hivers plus tôt, semblait avoir décuplé les capacités d'invention de ses congénères, mais aussi leur désir jamais assouvi de changement matériel. Bientôt, toute caverne respectable se devrait de posséder un conduit d'évacuation de la fumée, et chacun s'activerait de l'aube au crépuscule pour l'amélioration de son cadre de vie.

Noah s'étira longuement, en humant l'odeur de

grillade qui montait vers lui, accompagnée de cris joyeux. Force était de le reconnaître : dans l'ordre de la gastronomie, le feu constituait une fameuse trouvaille. Mais une trouvaille exploitée avec une frénésie puérile : plus moyen, dorénavant, de planter ses dents dans un filet d'aurochs cru, ruisselant de sang frais ; désormais la mode était au tout-cuit, aux morceaux de viande empestant la fumée, et couverts d'une croûte calcinée. Il se rappela les brouets de racines amères, longuement attendries dans l'eau d'un creux de rocher tiédie au soleil, qui formaient dans la bouche une bouillie poisseuse et âpre, au goût chaque fois inédit. Aujourd'hui la nourriture, pourtant plus riche et variée, avait le goût homogène, furieusement moderne, de la fumée de bois.

En soupirant, il enfila son pagne en fourrure d'ours gris, jadis offert par son père, tout râpé, effrangé, taché de terre, de sang et d'herbe, portant témoignage du passage de bien des saisons. Maintenant, grâce à leur pointe durcie dans la braise, les épieux tuaient à tout coup, et le gibier ne faisant plus défaut, il était devenu de bon ton de renouveler sa tenue régulièrement, voire de posséder, comme Haute-Futaie, le chef de la horde, une panoplie de fourrures et de peaux soigneusement pendues à des patères de bois poli, et adaptées à toutes les circonstances de la vie mondaine : exécutions, commémorations des victoires, viols rituels, tombolas, sacrifices, nomination des sous-chefs de horde.

Noah haussa les épaules et sortit en se grattant les poils du front. Il était vieux, infiniment vieux. Le plus vieux des mâles de la tribu, sans conteste, et le plus maigre, et le plus silencieux. Il avait vu apparaître puis s'évanouir d'innombrables générations, tandis que lui-même restait immuable dans son corps sans âge.

Sa claudication et son esprit d'indépendance auraient dû, très tôt, le condamner au sort des faibles, dont on abandonnait aux hyènes et aux loups les corps brisés d'un coup de masse négligent. Cependant, outre que son infirmité ne l'empêchait pas d'endurer aussi bien, sinon mieux que les autres, les marches harassantes à travers les savanes, il possédait une autorité naturelle, tacite, qui se manifestait dans toutes les circonstances importantes de la vie collective, et le mettait à l'abri des gestes inopinés de brutalité, voire de sauvagerie pure, qui en cette époque lointaine, aussi surprenant que cela puisse nous paraître aujourd'hui, caractérisaient les comportements des hominidés.

Noah était hors d'âge, recru de fatigues et de violences, et sans espoir désormais de voir dans l'avenir s'améliorer l'espèce. Il avait connu trop de guerres, trop de massacres inutiles, trop de cadavres pantelants jetés sur l'herbe du campement avec des glapissements de joie féroce. Plusieurs chefs s'étaient succédé à la tête de la tribu, et il avait vu les plus pacifiques céder aux pires attraits de l'exercice du pouvoir. On avait, sciemment, jeté des pierres sur des infirmeries. On avait achevé des blessés, coupé des enfants en morceaux, dépecé des femmes, parqué des prisonniers dans des grottes insalubres, humilié des guerriers vaincus. On avait modifié par la force des frontières pourtant nées de pactes honnêtes entre hordes. On avait utilisé les inventions les plus remarquables à des fins de carnage et de domination.

Et ces inventions étaient pour la plupart les siennes : car Noah, sous des dehors un peu rustiques d'hominoïde à peine émoulu de la matrice originelle, était un savant de première bourre.

Un jour, il avait inventé un outil sur lequel il pensait pouvoir fonder de grands espoirs. À la suite de longs calculs et d'expérimentations obstinées, il était parvenu à tailler sur ses deux faces un rognon de pierre dure en forme de limande, et à rendre l'arête tranchante non par percussion — technique primitive, et peu satisfaisante — mais par pression régulière à l'aide d'un solide fémur, le seul souvenir qui lui restât de sa mère. Fixé par un tendon de renne sur un manche en bois de cornouiller, l'instrument ferait merveille, se disait-il, dans la découpe des branchages, l'équarrissage des aurochs, la construction des huttes. Noah offrit l'objet à son beau-frère, qui justement fêtait la naissance de son onzième fils. Il pourrait ainsi plus facilement agrandir le logement familial. L'autre, éperdu de fierté, s'empressa de parader, muni de sa hache, devant un sous-chef de horde, lequel confisqua l'objet et en éprouva immédiatement le tranchant sur le crâne du fanfaron.

Des inventions ultérieures lui ayant causé la même déception, Noah décida de se consacrer à l'art et à la philosophie, occupations jusque-là peu prisées par sa race.

Sa défunte femme, lorsqu'elle le surprenait, jadis, plongé dans une méditation morose sur la falaise, face à la houle mugissante des grands séquoias, le réconfortait d'une tape de sa main large et dure comme une carapace de tatou, accompagnée d'un braiment syncopé que Noah, fin linguiste et amoureux plein d'intuition, déchiffrait sans peine : « Pourquoi, pauvre cher ami, vous morfondre dans une contemplation immobile ? Ne voyez-vous pas que le monde bouge, et que rien désormais n'arrêtera la marche de l'humanité en devenir, la longue marche vers le bronze, le moteur à explosion, la fermeture éclair, la sémiotique, le carbone 14, la sauce grand-veneur, l'assurance-maladie ? » (Toute à son désir de consoler l'être aimé, elle laissait son esprit puiser dans les ténèbres d'un futur mystérieux quelques motifs de réconfort, dont Noah lui-même percevait à grand-peine la signification.) « Certes, poursuivait-elle en sautillant sur ses jambes massives, l'homme inventera la poudre, le trinitrotoluène et la mine anti-personnel, le gaz sarin et le fil barbelé ; mais il inventera aussi la chirurgie capable de refermer les plaies et ressouder les os, et la pharmacopée qui rendra la douleur supportable, voire délicieuse ! De grâce, mon ami, levez-vous ! Le monde est en marche, le monde est debout ! »

Elle était belle, alors, dans son exaltation, dans la gloire de son corps nu couvert de soies luisantes et douces comme un pelage de marcassin...

Hélas, la chère voix s'était tue, et Noah, depuis, restait seul avec ses doutes et ses pressentiments.

Soudain, il fut tiré de ses rêveries par des hurlements, des bruits de course, les coups sourds caractéristiques du gourdin écrasant un thorax. Sans se hâter, toujours soupirant, il se dirigea vers l'aire de terre battue où avaient lieu les repas. Des corps gisaient çà et là, éventrés. La tête de Haute-Futaie, en partie détachée du tronc, reposait sur les braises, auréolée d'une fumée grasse. Le ptérodactyle à moitié cuit traînait dans la poussière. Une furieuse mêlée mettait aux prises hommes et femmes, un peu plus loin.

Un seul cri de Noah, bref et cinglant, suffit à figer l'ensemble des combattants. Un seul geste les renvoya, penauds, dans la pénombre de leurs grottes. Se penchant vers la carcasse encore fumante de l'animal, il en détacha avec soin les deux joues, qu'il savoura.

Puis il dispersa les braises, versa sur le foyer le contenu d'une outre, et se dirigea vers l'autel où, dans sa cage de pierre, le feu était maintenu en vie jour et nuit. Même les gardiens du lieu sacré avaient participé à la rixe : sur l'autel désert, quelques flammèches palpitaient misérablement, en manque de combustible.

Noah souleva son pagne, et abrégea leur agonie d'un puissant jet d'urine. N'en déplût aux mânes de sa chère femme, l'humanité ne lui paraissait pas mûre pour le paléolithique supérieur.

2

Noah était occupé à déloger un filament de l'exquise joue, coincé entre ses molaires, lorsqu'il vit avancer vers lui un nuage fauve hérissé de cris. Le phénomène présentait toutes les caractéristiques de l'autorité en marche.

Au-dessus du nuage tournoyait l'insigne du pouvoir, fin et galbé comme une épaule de gazelle, le gourdin de commandement taillé dans un buis séculaire et poli par l'usage sur des gibiers à cuir épais, ou sur des hominiens insuffisamment perméables à la notion de souveraineté. Impassible, Noah regardait approcher ce royal hanneton, en qui il reconnut Sans-Quartier, le redoutable lieutenant de feu Haute-Futaie, précédé de sa cour d'odeurs, de cris, de postillons. Noah cracha enfin le morceau de chair qui l'encombrait.

Après avoir constaté la disparition du feu, les autres n'avaient pas osé toucher Noah. Ils étaient restés stupéfaits, incrédules. Certains se couvraient le visage de cendres en gémissant. Un couple enlacé sanglotait, et dans le silence de la clairière on entendait le glas de deux crânes qui s'entrechoquaient avec une régularité sinistre.

Des regards accablés s'étaient tournés vers lui, et non vers Sans-Quartier, bien que celui-ci se fût, dès la mort du chef, auto-investi de la charge suprême. En Noah, quelque chose de froid, d'inatteignable suscitait la crainte.

Maintenant ils regardaient le gourdin de buis s'élever au-dessus du vieux boiteux, prêt à l'anéantir.

Brusquement sortis de leur torpeur, trois hommes se précipitèrent, avec pour résultat immédiat d'attirer vers eux le tourbillon de rage vociférante. Un peu plus tard, on vit Sans-Quartier s'éloigner en grondant; il renonçait à attaquer Noah. Les restes des trois imprudents s'égouttaient au pied d'un tronc.

Hommes et femmes tremblaient et se serraient. Ils avaient peur, ils ne comprenaient pas. La horde allait devoir retourner à la nuit, au froid; on ne tarderait pas à entendre, comme jadis, les fauves enhardis se rapprocher du campement.

Noah les regarda. Voilà l'humanité! Je suis de cette meute... Corps hésitant sans cesse entre menace et tremblement, têtes oblongues comme des pierres de torrent, regards petits qui brûlent sous la visière des sourcils, esprits frétillants et fragiles, mains inaptes à la caresse : tout en nous est dur et rétif... Nous aboyons comme les chiens mais nous ne savons pas aimer comme les chiens. En nous la vie rechigne sous une carapace de peau molle. Voilà les conquérants du monde! Nous violons nos femmes qui mangent leurs propres enfants. La nuit nous fait peur et le soleil nous abrutit, nous buvons, dans les flaques, l'eau que refusent les sangliers... Nous n'avons pas de sabots pour la course, pas de cornes pour le combat, pas de fourrure pour l'hiver, pas de truffe pour la chasse ni de bec pour la pêche... Dans les forêts nous nous perdons et nous pleurons, nous sommes faibles, nous sommes lents et nous puons... D'où vient, alors, cette beauté qui chante en nous ? D'où vient que je me reconnais en chaque homme et en chaque femme, et que chaque naissance me réjouit comme s'il s'agissait de ma propre naissance ? Nous sommes laids, stupides et mauvais, et rien ne nous permet d'espérer l'être un jour un peu moins ; d'où provient ce lointain, cet indestructible noyau de confiance qui brûle et qui nous fait bouger ? Notre beauté n'est pas dans ce que nous sommes, mais dans ce que nous croyons pouvoir être un jour. Elle vient de ce que nous ne nous acceptons pas. Le lièvre n'aspire pas à devenir serpent, le coquillage ne songe pas à se transformer en papillon ; tandis que nous cherchons à nous évader de nous-mêmes, à échapper à notre gangue putride... Tous, même les plus obtus, les plus bas, les plus lâches ou les plus paresseux, nous pensons que demain peut être différent d'aujourd'hui. Voilà ce qui nous rend beaux, même si, chacun ayant une idée différente de ce qu'il convient d'espérer, nous sommes condamnés à retomber sans fin dans notre cloaque, dans l'éternel présent de l'espèce — se répétait Noah, laissant son regard s'envoler vers les lambeaux de bleu qui pavoisaient la cime des grands conifères.

Il s'ébroua, comme pour chasser une pensée importune. Ces accès de philanthropie, rares il est vrai, le mettaient de mauvaise humeur. Lorsqu'il abaissa de nouveau son regard vers l'humanité souf-

frante, il s'avisa d'un changement dans les physiono-
mies et dans les attitudes. Le cercle, autour de lui,
s'était resserré ; seul Sans-Quartier restait à l'écart.

Qu'allaient-ils faire de lui ? Comment lui feraient-
ils payer son défi au progrès ? Car il paierait. Malgré
leurs airs pusillanimes, leurs effarouchements
d'oiselles, ses frères de race étaient dotés d'une féro-
cité sans mesure. Toujours prêts à négliger les leçons
de l'expérience, ils n'oubliaient jamais un motif de
rancune.

Noah paierait. Faute de feu, ils ne pourraient pas
l'asseoir sur un siège de braise, comme ils l'avaient
fait à un lointain prédécesseur de Haute-Futaie,
convaincu de collusion avec les forces des ténèbres,
sur la foi d'un rêve de sorcier. Mais ils pourraient
toujours l'enterrer vif, le faire dévorer par les fourmis, lui arracher la peau avec un de leurs coutelas
mal dégrossis, ou le faire bénéficier de quelque autre
ingénieuse trouvaille.

Noah n'avait pas peur. Il se sentait fatigué. Il laissa
courir son regard sur l'assemblée désormais silencieuse.

Et il commença à comprendre.

Oui, en les observant, il pouvait maintenant identi-
fier le sentiment qui déformait leurs traits. Nuage-
Bas et sa lippe trémulante d'où pendait, scintillant,
un filet de bave... Empire-des-Sens, la femelle la plus
convoitée de la horde, aux seins oblongs et fermes
comme des fruits, couverts d'un épais duvet couleur
de miel, Empire-des-Sens qui semblait fondre, soudain, à la seule vue d'un vieillard cagneux... Point-
Trop-N'en-Faut, entouré de son innombrable nichée,
qui formait autour de ses jambes un essaim bour-

donnant et velu, qui tendait vers lui des mains implorantes... Et les autres, masse vagissante, qui paraissaient prêts à inventer le langage, pour peu que Noah répondît favorablement à leur désir... Tous — hormis Sans-Quartier, qui se tenait à l'écart, prunelles flamboyantes, babines retroussées sur un chaos de dents jaunes — tendus vers lui, habités par un même besoin d'obéir... D'appartenir, de se soumettre... Vers lui, yeux clignotants, muqueuses liquéfiées, chairs horripilées dans la jouissance de l'acquiescement... Nous sommes à toi, qui viens de nous faire si mal, sois notre lumière dans la nuit retombée...

Quelques individus se détachèrent du groupe en direction de Sans-Quartier. Pétrifié de fureur, celui-ci les regarda s'emparer de son gourdin de buis, et revenir vers Noah en solennelle procession pour lui confier le sceptre.

Noah ne voyait plus rien. Des milliers d'oiseaux piaillaient sous son crâne.

Il se mit à courir aussi vite que ses jambes inégales le lui permettaient, poursuivi par la meute en adoration. Les fougères géantes lui fouettaient le visage. Il bondit sur des rochers, marcha sur un serpent endormi, traversa un ruisseau glacé, s'enfonça jusqu'aux genoux dans des mousses visqueuses, et finit par trouver refuge, haletant, la chair griffée, en haut d'un jeune frêne dont les branches perpendiculaires lui avaient fourni une échelle secourable.

Une brise le berçait. Agrippé au tronc rugueux, Noah ferma les yeux ; en bas, le cercle s'était reformé. Il en montait des hululements admiratifs ou suppliants. Devait-il leur faire comprendre qu'il ne possédait aucune des vertus du chef, qu'il souffrait du vertige, que les insectes lui faisaient peur, qu'il réprouvait la violence physique, que l'incessant bouillonnement d'idées qui agitait son cerveau l'effrayait et le dépassait?

Peine perdue, sans doute. Ses congénères lui souriaient horriblement en secouant le tronc.

Il allait falloir trouver moyen de les rendre au plus vite à leurs occupations d'antan : pendant qu'ils se faisaient la guerre, lui-même avait la paix. Il avisa, dans le groupe furibond des poursuivants, un visage qui lui parut plus aimable que les autres, plus humain peut-être — une bonne bouille ronde et hirsute, qui offrait toutes les caractéristiques de la détermination tranquille, sans ces étincelles de folie qui rendaient si inquiétantes les expressions de certains individus appelés aux plus hautes fonctions, une tête de brave type sans passion et sans haine, un échantillon sans éclat, certes, mais animé de principes peu compliqués, suffisamment fort pour être rassurant, suffisamment stupide pour ne pas mûrir de projets grandioses, un possible bon chef, en somme, un acceptable successeur de Haute-Futaie (Sans-Quartier, définitivement banni du pouvoir à la suite de son humiliation publique, était sans doute promis à un sort peu enviable).

Du haut de sa balançoire de plus en plus instable, Noah prit sa décision. Dès ce soir, il procurerait à celui qu'il venait d'élire l'instrument de sa suprématie, en lui révélant la recette du feu.

3

Noah dort. Il a échappé au sacre de justesse.

Des nuages en forme de taureaux bondissent à travers son sommeil. Lumière diaprée où des astres étincellent... D'anciennes braises roulent dans sa poitrine. Les arbres marchent en rangs serrés vers l'horizon; là-haut tournent lentement des anneaux de vautours. Noah se redresse sur sa couche. Ses deux poings pressés sur ses yeux font gicler en myriades des boules de mimosa.

Un jour laiteux coule par l'ouverture de la caverne, un jour de printemps odorant et frais. Noah s'avance sur le promontoire. Les frondaisons bouillonnent de cris d'oiseaux. Il a choisi pour habitation l'unique alvéole située dans la partie haute de la falaise, à l'écart du reste de la horde. Les autres cavernes sont regroupées un peu plus bas, le long de la paroi en espaliers. Certaines ne sont accessibles qu'à l'aide d'échelles, ou de marches grossièrement taillées dans la pierre. La relative clémence des saisons précédentes a permis à la tribu de se sédentariser un peu.

Ils sont encore enfouis dans leur sommeil vulnérable. Seuls les guetteurs, peut-être, continuent de veiller.

Noah tremble de fièvre. Des images inquiètes volent en lui, éclatent en silence ; des pensées rongent l'os du réel. Le monde passe, se dit-il. À chaque seconde le monde s'éteint. Ils s'endorment chaque soir sans penser qu'un matin ils ne se réveilleront pas. On jettera leur corps aux bêtes. Il ne restera rien d'eux — hormis, pour les notables, un crâne qu'on décorera, qu'on accrochera dans quelque antre malsain, auquel on portera à heure fixe de peu digestes offrandes. Qui saura que nous avons existé ? Quand l'humanité se sera multipliée, aura conquis tous les espaces de terre émergée, qui se souviendra des ancêtres ? Qui se souviendra que nous avons aimé, souffert, que nous avons été émus par la beauté d'un matin ? Qui se souviendra de nos retours de chasse, de nos fêtes, de nos amours ? Nos descendants, qui sans doute éprouveront les mêmes difficultés que nous à regarder en face leurs propres indigences, se rassureront en pensant qu'ils ont, malgré tout, amélioré l'espèce, que les fils sont enfin moins bornés que leurs pères — illusion que même l'aurochs ou le lombric, en dépit de leur vanité légendaire, n'auraient pas idée de partager.

Une joie inquiète envahit Noah. Il se sent investi d'une mission.

Il témoignera du présent, pour les hommes et les femmes à venir.

Il rendra hommage à la beauté, au bien. Il ouvrira les yeux des aveugles, il fera entendre les sourds.

Le calcaire lisse et pâle d'une paroi de sa grotte pourra convenir. L'excitation du projet le fait trembler. Il lui faut trouver l'instrument parfait, l'instrument juste. Il va représenter l'univers ! La tâche est immense, démesurée, peut-être blasphématoire envers les obscures divinités qui règnent sur le monde en ces temps reculés. Il saisit des morceaux de charbon, des pierres oxydées, les examine, les rejette, insatisfait.

Il commence à piler, à l'aide d'un gros silex, des pierres qu'il a récoltées sans but précis au cours des mois précédents : blocs de terre ocre, hématites, limonites, anthracites, minerais de teintes diverses, formant bientôt une multitude de tas de poudres colorées qu'il humecte avec de l'urine.

Au-dehors, les premiers bruits de la journée se propagent, les premiers cris des premières disputes; mais il ne les entend pas.

Le temps passe, Noah contemple la paroi blanche avec effroi.

Il doit faire vite. Bientôt, la horde quittera ce site pour suivre le gibier dans sa transhumance. Il faudra de nouveau affronter l'inconnu, la précarité, la faim, la marche sans retour. Mais ici, dans l'obscurité d'une grotte, demeurera la marque d'un passage, d'une vie, d'une vision du monde !

Il faut être simple et vrai, à la mesure de ce sentiment furieux qui le submerge.

Il pose une main dans l'ocre mouillée, et l'applique sur un recoin de la paroi. La forme de sa main apparaît lorsqu'il la retire, splendide, irréfutable. Puis il pose son autre main juste à côté, et en dessine le contour en passant et repassant un morceau d'anthracite entre ses doigts. Il épaissit ensuite le trait avec de la couleur bleue.

Il se recule, contemple ses deux mains qui, détachées de lui, resteront figées à jamais dans un geste de bienvenue ou d'invite.

Un immense bonheur l'envahit, hors de proportion avec le résultat obtenu. Il doit continuer, aller plus loin. Exagérer, voilà l'arme, marmonne Noah dans sa langue inconnue des hommes, en s'agitant devant la pierre claire — une pierre fine, crémeuse comme du lait de bufflesse, sur laquelle les couleurs se détachent joyeusement.

Les heures passent. Noah ne sent pas la faim, ni la soif, ni la fatigue.

Il songe un instant à faire un portrait de Sans-Quartier sous la forme d'un hanneton aux pattes en forme de gourdin, mais il ne se sent pas mûr pour le dessin satirique.

Il dessine alors une scène de chasse : des aurochs au cou puissant, aux cornes en forme de lyre, fuient sous une pluie oblique de flèches et de sagaies, poursuivis par des chasseurs minuscules et filiformes. Le passage des couleurs est long et délicat.

Harassé, enthousiaste, il voit s'élever le nuage de poussière autour des bêtes blessées, il entend le galop sourd des fuyards, les cris sauvages des hommes, il sent l'odeur du sang, des herbes écrasées. Il a créé cela ! Il a donné vie aux formes qui s'agitaient dans son esprit !

Car ces images ne proviennent pas simplement de sa mémoire. Elles résultent d'une incompréhensible chimie dont ni le cours ni le résultat ne dépendent de son vouloir ou de son expérience, mais plutôt d'une force souterraine semblable aux rivières qui, sous le sol, fédèrent l'eau des sources avoisinantes : comme si Noah, brusquement, se trouvait au confluent de toutes les mémoires, de tous les rêves, de toutes les douleurs de l'humanité, comme s'il lui revenait maintenant de porter au jour le fruit d'une expérience collective, d'un désir enfoui de paix et d'éternité.

En voyant cela, les hommes prendront conscience de la beauté du monde, ils deviendront meilleurs...

Noah s'effondre dans un sommeil instantané.

Quand il se réveille, le soleil, au-dehors, semble à son zénith. Son premier souci est de s'assurer qu'il n'a pas rêvé : mais les aurochs sont toujours là, ils galopent sur la paroi, poursuivis par les cris et les flèches.

Il se remet au travail. Il faut aller plus loin. Il faut inventer, montrer ce qu'est l'homme sous sa croûte grossière, l'exhiber dans sa vérité glorieuse, impensée...

Alors sa femme lui apparaît.

Il la voit comme jamais auparavant : nimbée de clarté, à la fois inconnue et semblable, corps exultant dans un éblouissement d'eau limpide, elle lui parle et sa voix est un chant. Entourée d'oiseaux et de fleurs, elle a perdu son rude charme magdalénien, ses rustiques appas de cromagnonne aux vastes épaules ; elle est soudain une forme pure, lavée des glaires originelles, chassant de la caverne les lourdes senteurs de salpêtre, d'humeurs, de terre humide, pour y faire régner son parfum de tilleul et de source. Elle est là, revenue, présente au-delà de tout désir et de toute espérance. Perdue, et retrouvée à jamais pour peu que la main de Noah parvienne à en reproduire la vision.

Il commence par le bas de la paroi. Elle ne doit pas apparaître les pieds posés sur le sol, mais éclore du chaos comme une résurrection. Naître de l'eau, peut-être ? D'un nuage de feu ? Non. Il faut marquer son essence humaine, la rendre proche, fraternelle. Il la représentera debout dans une de ces larges et familières coquilles que l'on trouve au bord des grands lacs d'eau salée, dont les femmes font des colliers ou des coupes, et que les hommes utilisent pour racler les peaux ou l'écorce des branches lorsqu'ils fabriquent leurs arcs.

Il dessine la forme ouverte d'une coquille géante, aux bords crénelés, aux nervures en éventail. Socle parfait, d'une humble élégance, pour la figure aimée.

Noah est seul avec elle. Il la voit naître sous sa main. L'univers entier se ramasse dans ce face-à-face silencieux. Il trace sa silhouette, non pas la silhouette massive, empruntée, épaissie par les nécessités de la survie, mais une figure délivrée des blessures de l'âge, de la cruauté des intempéries, de la difficulté des grossesses, du poids des fardeaux et des outils, une silhouette mince et flexible, aux ondulations d'algue. Autour d'elle s'étend une mer couleur d'huître, bordée de rives escarpées, d'arbres à feuilles vernissées, et le vent apporte une pluie de fleurs.

Hors de lui, Noah sautille devant la paroi, tamponnant sur la pierre un morceau de fourrure humectée, ou projetant des poudres de couleur à l'aide d'une sarbacane en roseau.

C'est elle!

Et méconnaissable, pourtant, sous la cascade de ses cheveux fins, avec une main chastement posée sur la poitrine, l'autre ramenant une mèche de ses très longs cheveux à la hauteur de son sexe en un geste délicat et prude — elle qui n'aimait rien tant, jadis, que les accouplements effrénés, hennissants sur la mousse des sous-bois —, visage de lune pâle, yeux grands et doux, à fleur de cernes, taille mince et hanches rondes, avec, surtout, ce corps inexplicablement glabre, non pas couvert de la toison rousse et rêche qui l'a tant séduit autrefois, mais d'une peau lisse comme l'ivoire, translucide et fraîche. Sa bouche n'est pas déformée par les puissantes et proéminentes mâchoires habituées à déchirer la viande, mais délicate et charnue — bouche à framboises, à miel et à myrtilles.

C'est une créature aérienne, impalpable, et tellement vraie cependant, tellement présente que, à peine il a tracé la dernière ondulation de sa chevelure, Noah tombe à genoux.

Puis il s'endort, terrassé.

Il fait nuit lorsqu'il se réveille, le poing encore serré sur le mince stylet en corne qu'il a utilisé pour parachever son œuvre. Il l'a longuement poli sur une pierre douce, afin d'obtenir un instrument solide et précis, adapté aux finitions les plus délicates. Il décide de le conserver toujours sur lui, car cet objet infime a suscité beaucoup de grandeur.

Il ose enfin lever les yeux vers sa créature. Il la voit aussitôt, malgré l'obscurité. Il sent la fraîcheur de son haleine, il entend le froissement des feuillages autour d'elle. Les mains de Noah passent et repassent sur les formes qu'elles ont créées.

Bientôt le jour se lève. La lumière s'infiltre lentement dans la pénombre de la caverne. C'est une nouvelle naissance. Elle est là, elle sera là désormais chaque matin, elle lui survivra pour témoigner de leur amour, pour attester la beauté humaine et la force de l'art, comme un défi à la vie et à ses infections.

Il faut maintenant que Noah fasse connaître son œuvre, qu'il distribue aux hommes cette beauté inépuisable. Bien qu'il n'en comprenne pas vraiment le sens, bien que cette peau blanche et lisse, ces cheveux bondissants, ces lèvres fines, ces traits doux soient d'une obscénité presque insupportable, il y perçoit une grandeur qui élèvera ses congénères, qui les ouvrira à une perception nouvelle de l'univers et de ses formes.

Il court au-dehors. Sa première rencontre est celle d'un homme et d'une femme en train de copuler à même la terre battue, sous un noisetier. L'homme besogne d'un air sévère, tandis que la femme, à quatre pattes devant lui, fouille le sol à la recherche de noisettes dont elle casse la coquille d'un seul coup de dents, mâchant ensuite pensivement en hoquetant au rythme imprimé par son cavalier.

Noah prend l'homme par l'épaule, lui fait signe de le suivre avec sa compagne. L'autre, curieux, expédie sa tâche et sort de la femme avec un grognement. Elle se relève sans interrompre sa mastication.

En chemin, ils croisent un groupe de quelques oisifs, qui se joignent à eux.

Le groupe pénètre dans la caverne. La poitrine de Noah est pleine de pierres gelées.

Devant les dessins de mains et les scènes de chasse, ils restent interloqués. Certains se grattent le poitrail, perplexes, d'autres laissent fuser des murmures interrogatifs. Mais lorsqu'ils se retrouvent face à la femme naissant d'une coquille — est-ce une femme, cet animal sans poils, aux rondeurs blêmes de gecko? —, un silence de mort s'installe.

32

Enfin, ces esprits obscurs s'ouvrent à la grâce et à l'harmonie, se prend à rêver Noah... Sa joie est de courte durée : il voit certains visages se déformer sous l'emprise d'un dégoût violent, indubitable, accompagné d'un jappement écœuré semblable à ceux que poussent les femmes lorsqu'il leur arrive d'avaler un morceau de boyau de sanglier qu'on a oublié de vider.

Toutefois, la réaction qui fait le plus mal à Noah est celle du reste du groupe, amorcée par un petit couinement, lequel dégénère bientôt en un rire collectif d'abord discret, qui prend peu à peu des dimensions formidables. On se tape sur les cuisses et sur les épaules, on montre du doigt la grotesque effigie. Le clan des dégoûtés a quitté les lieux, mais les rieurs n'en finissent pas de meugler, larmes aux yeux. Un coude ayant malencontreusement heurté des côtes mal placées, une rixe générale s'ensuit ; elle ne prend fin qu'avec l'entrée en scène du chef, qui disperse l'attroupement d'un gourdin sec et précis.

Noah, hébété, contemple son œuvre. Le chef tourne à son tour le regard vers la paroi. Sa lèvre supérieure se retrousse lentement, puis un cri monte en lui, qui met un temps infini à parvenir jusqu'à ses lèvres, un cri de rage de premier choix, assorti de toutes les mimiques afférentes. Lorsqu'il lève son gourdin et frappe en plein visage la femme de pierre, Noah n'a pas la moindre réaction. Les coups se succèdent, les éclats de pierre volent. Bientôt, il ne reste de la fresque que des parcelles de couleur insignifiantes. Seule la scène de chasse a été épargnée, ainsi que les deux mains qui désormais semblent se tendre et trembler dans un geste d'imploration.

4

Peu de temps après, Noah fit l'expérience décisive du transport par le rêve. Elle allait transformer sa vie.

Par un après-midi de soleil crépitant de bruits d'insectes, il s'installa sous un hêtre, sans intention de dormir, la tête posée sur un coussin de mousse, la main posée sur le stylet de corne planté dans sa fourrure; mais le bercement des branches, le chuintement des feuillages, la douceur de l'air eurent raison de lui : le sommeil l'envahit comme une eau tiède, sans crier gare.

C'est un parfum qui le réveilla, avant même le pétillement des brindilles sous des pas. Il ouvrit les yeux. Une silhouette se découpait dans le contre-jour, auréolée de l'inoubliable ruissellement de cheveux blonds. C'était elle, la femme dessinée dans la caverne, la beauté jaillie du coquillage... Sans savoir pourquoi, il n'éprouva pas de surprise. Il se redressa, s'adossa contre le tronc. Elle s'agenouilla face à lui, entre ses jambes écartées, s'assit sur ses talons, posa en souriant ses mains sur les genoux de Noah.

Il l'attira contre lui en marmonnant quelques mots,

visage enfoui dans la chevelure, puis glissa sur le sol. Elle était maintenant allongée sur lui, l'ensevelissant dans son intarissable toison. Sa bouche avait un goût de jeune branche, de feuille écrasée, avec cette pointe d'amertume liquide dont il pensa qu'il ne parviendrait plus à se lasser.

Il aimait se sentir ainsi plaqué contre le sol, comme si le poids de ce corps, cette prison de chair odorante le préservait d'une dispersion dans l'air et dans le temps. Il laissait ses mains monter et descendre régulièrement le long des hanches, suivre le galbe de la taille jusqu'aux aisselles, pérégrination légère, indéfiniment recommencée malgré les ondulations pressantes du bassin de la femme autour de sa verge plantée, dure, réclameuse, à la jonction des cuisses. Jamais il n'avait ressenti une telle tension de tout son être vers la jouissance, jamais non plus une pareille sensation de voir s'éloigner de seconde en seconde le moment de l'accomplissement. Il comprit soudain que le plaisir, insensiblement, était en train de se muer en douleur, que le temps stagnait dans une répétition inlassable du même instant. Son sexe continuait cependant de gonfler, de se tendre, et il lui sembla que, sans l'étouffant bouillonnement des cheveux blonds qui l'aveuglait, il aurait pu le voir monter vers les cimes des hêtres et crever les nuages pommés comme des fesses.

Il n'éprouvait cependant nulle envie de se dégager. Il acceptait volontiers de disparaître ainsi, des suites d'une interminable et exquise torture.

Il n'en eut pas l'occasion. Une épouvantable déflagration fit trembler l'air. Noah crut qu'on venait de lui enfoncer à coups de masse un éclat de silex dans chaque oreille. Les arbres vacillaient, les branches craquaient, les oiseaux éperdus volaient en tous sens. La femme poussa un cri : dans sa frayeur, il venait de lui arracher quelques cheveux. Un rugissement de fauve traversa le ciel parfaitement bleu, et disparut.

Puis, aussi soudainement qu'elle l'avait perdu, la nature recouvra son calme. Mais le désir apoplectique qui tout à l'heure oppressait Noah s'était évanoui, malgré les paroles rassurantes de sa compagne (« Qu'est-ce qui t'arrive, Noé ? Voyons, ce n'est qu'un avion »), malgré les stratagèmes virulents qu'elle mit en œuvre pour restaurer son enthousiasme, ils durent se résoudre à l'échec. Discrètement, Noah vérifia que ses attributs naguère glorieux ne s'étaient pas rétractés, sous l'effet brutal de la peur, à l'intérieur de son bas-ventre.

Pendant ce temps, conservant sur son visage les restes d'un sourire indulgent et doux, elle remettait ses vêtements — et il se demanda quelle inconcevable bestiole pouvait procurer de telles fourrures : un insecte, peut-être, un papillon géant comme il en existait, disait-on, de l'autre côté des grands lacs ?

Que s'était-il passé ? Et pourquoi l'avait-elle appelé Noé ? Il éprouva soudain une sensation de dédoublement. Il se détachait du corps toujours allongé au pied du tronc, il pouvait le voir maintenant : un corps d'homme, bizarrement vêtu lui aussi, au visage dépourvu du bourrelet sourcilier caractéristique des hominiens. Noé se releva, et appela : « Hélène ! » Elle avait disparu. Il eut un sourire, et partit à sa recherche.

Quand Noah se réveilla, il lui parut avoir dormi pendant une éternité. L'ouverture de la caverne laissait pénétrer une lumière glauque. Il entendit des appels, des bruits de course. Sans doute un départ pour la chasse. Il regretta de n'être plus dans son rêve excitant et bizarre.

C'est une fois sorti de l'antre, et après s'être longuement étiré, qu'il aperçut, dans son poing toujours serré, quelques longs filaments dorés.

5

L'hiver s'installait.

Pendant un temps, Noah ne revit plus la blonde Hélène. Ses rêves étaient opaques désormais, il ne lui en restait au matin que quelques images cendreuses, indéchiffrables. Il se demandait comment son imagination avait pu fomenter un tel complot de formes harmonieuses, une telle conjuration de grâces, un tel défi adressé au réel. Aucune femme, jamais, ne ressemblerait à celle-ci. (Il faudra attendre l'invention des anges, et encore, se disait Noah dont les mots, souvent, dépassaient la pensée.)

Il l'avait créée; elle était à la ressemblance exacte du portrait détruit. C'est sous ses traits qu'il avait représenté sa défunte compagne, dans le portrait saccagé, et il l'avait aussitôt reconnue, comme débarrassée de son déguisement simiesque. C'est elle encore qu'il avait vue en rêve, et dont il conservait quelques cheveux étincelants. Oui, il l'avait créée! Pourtant, il avait senti en elle, au cours du rêve, une telle force de vie, autonome, imprévisible, incontrôlable...

Pendant quelque temps, après ce rêve, il se réveilla parfois la nuit en sursaut, croyant avoir entendu un *bang* éclatant. Dans la journée, il se prenait à répéter le mot « avion », se demandant quel être singulier, bruyant mais inoffensif, il pouvait désigner. Les autres prenaient son ressassement pour une forme pernicieuse de rhume des foins.

Puis vinrent les premières neiges, les marches sans répit dans les plaines gelées, à la recherche d'une improbable pitance. Les rudes contingences de la vie préhistorique l'arrachèrent à sa mélancolie. « Vivement l'Histoire », se disait-il, lorsque ses membres bleuis de froid ne répondaient plus à sa volonté — ou « Vivement le néolithique », lorsqu'il se sentait un peu plus patient. Mais il évitait de penser à Hélène, préférant s'abrutir dans le difficile travail de la survie.

Un matin, pourtant, alors qu'il tentait de glaner quelques lichens comestibles dans une clairière, il lui sembla l'apercevoir. Elle se déplaçait dans un nuage de poussière de neige soulevé par le vent furibond. Noah avait le soleil en face, et il reconnut, dans ce tourbillon de lumière, l'éblouissante chevelure qui flottait. Mais au premier geste qu'il fit, la silhouette se détourna, et il vit s'enfuir et disparaître une antilope immaculée. Il saisit le stylet de corne qu'il portait planté dans la peau de chèvre qui lui recouvrait les épaules. Il le contempla un moment, le réchauffa au creux de sa paume, et reprit son chemin.

En ce temps-là, déjà, les mauvais jours étaient beaucoup plus longs que les beaux. L'hiver n'en finissait pas. Noah suivait la horde dans laquelle il avait pu reprendre sa place en aparté, entre le sorcier et l'idiot. On se méfiait de lui, de ses bizarres trouvailles, de ses comportements erratiques, on craignait ses sautes d'humeur, ses colères prodigieuses auxquelles même les plus arrogants n'osaient riposter. Il marchait toujours en retrait, ou à l'écart. Parfois la troupe le perdait, mais on le voyait finalement arriver le soir au campement, où il se confectionnait sans mot dire une litière pour la nuit.

Pourquoi les suivait-il? Pas par peur d'être seul. Il trouvait en général ses congénères plus dangereux que rassurants. Mais plutôt par une sorte de fidélité ontologique qu'il eût été bien en peine d'expliquer si on le lui avait demandé — ce que personne n'était en mesure de faire. Il se sentait plus solitaire au milieu de ses pareils que lorsqu'il se trouvait seul au milieu d'une forêt hostile, d'une plaine sans fin, ou relégué dans une grotte à l'écart de la horde, les jours de déluge, à regarder filer les heures tandis que les autres occupaient leurs loisirs en amas compact, à taper sur les plus petits à défaut de carton, à sodomiser des singes ou à bramer en chœur jusqu'au premier effondrement de voûte.

Car c'est dans ces moments d'isolement, justement, que l'humanité l'envahissait, c'est alors qu'il sentait sa présence lourde et chaude, comme un manque, comme un besoin, comme une souffrance.

Lassée d'errer sans profit, la horde finit par établir ses quartiers d'hiver dans une combe moins exposée au blizzard et au gel que les plateaux avoisinants. Mais ces hommes et ces femmes n'étaient pas faits pour la vie sédentaire. Ils étaient prisonniers de l'hiver, dans le vaste abri à flanc de falaise où le vent glacial et l'épuisement les avaient poussés. La circonstance, pour pénible qu'elle fût, avait au moins cela de bon qu'elle rendait indispensables les vertus de solidarité et d'organisation que la communauté, dans des périodes plus clémentes, négligeait bien souvent.

Le bois était rare, décomposé par l'humidité, enfoui sous une neige compacte et dure; il se consumait en produisant beaucoup de fumée et peu de chaleur.

Pendant que de petits groupes d'hommes et de femmes arpentaient la combe en quête de branches mortes, les plus robustes guerriers tentaient de traquer un gibier presque inexistant. Bien souvent, on devait se contenter de partager un archéoptéryx malade, efflanqué, qui se traînait misérablement sur la neige en essayant de prendre son vol, ou quelques poissons crevés, jaunes, glaireux, nauséabonds, dont on récupérait les cadavres flottant sous la glace du lac. Pendant ce temps, les enfants grelottants et morveux s'agglutinaient comme des chiots devant le rideau de grisaille qui obstruait la caverne, en suçant des stalactites de glace, tandis que les vieux tournaient indéfiniment, mains traînant sur le sol humide.

Les plus faibles mouraient. On les mangeait sans plaisir, car la lente agonie dans ces lieux malsains donnait à ce qui leur restait de chair un goût de salpêtre et de vase. Leurs os friables ne pouvaient pas même servir à confectionner des outils. On conservait parfois leurs crânes, par respect machinal de la tradition. Les plus aimés étaient décorés; les autres, percés de petits trous, servaient d'écumoires, ou de balances pour la pêche aux écrevisses.

6

Cet hiver-là vit naître une double amitié qui devait s'avérer essentielle dans la vie de Noah.

Avant de devenir un vieillard impatient et taiseux, il avait aimé rire et perdre son temps avec des hommes et des femmes de tous âges, inventer en leur compagnie des blagues idiotes et mémorables, jouer aux osselets pendant des nuits, écouter sans bouger le chuchotement d'une rivière, observer un combat de sauterelles, fêter la naissance d'un enfant ou la mort d'un crétin. La vie, hélas, avait affligé Noah d'une longévité écœurante, et les crânes de tous ces chers compagnons avaient été égarés au cours des migrations de la tribu, ou abandonnés aux enfants pour leurs jeux.

Maintenant, les naissances et les morts se succédaient sans qu'il y prît garde. Il avait dépassé l'âge où l'on pleure les êtres aimés, l'âge où l'on fonde encore un espoir de bonheur collectif sur la bonne volonté et l'intelligence de quelques-uns. S'il était encore parfois la proie de ses anciennes illusions, c'était désormais sans raison, par une incoercible régurgitation de l'âme.

Les difficultés de cet hiver le contraignirent à se rapprocher de ses semblables. On avait besoin de sa présence bougonne et tranquillisante. L'univers, tout autour, était peuplé de loups, de bêtes grandes comme des montagnes, d'éléments teigneux, acharnés. Il fallut panser des plaies, achever des mourants en leur tenant la main, apaiser les fous, s'évertuer à rendre plausible l'hypothèse du retour du printemps — cela sans le secours des mots, mais contre la douleur, à quoi servent les mots?

Cet hiver-là, donc, il connut celle que, dans sa manie de donner secrètement un nom à tout et à tous, il baptisa Vertu-Vertu. C'était une femme très jeune et musclée, qu'il n'avait jusqu'alors pas remarquée. À peine sortie de l'adolescence, elle était en tous lieux accompagnée par un garçon exceptionnellement velu et noiraud, jovial, débrouillard, toujours prompt à rendre service, bref, ce que l'espèce pouvait offrir de plus élaboré en matière de civilité. Noah le baptisa Bonté-Même. Le jeune homme vouait à Vertu-Vertu une vénération canine; elle le remboursait en caresses, en sourires, en gestes doux et plaisants. Les regarder constituait un remède à la polygamie, qui est source de tant de tracas.

Sans doute n'avait-elle pas vu passer dix-huit hivers. Pourtant, en elle s'affirmait déjà la volonté placide de la femme adulte, née de l'habitude de se battre contre les autres, contre la nature et parfois contre soi; mais ce qui séduisit immédiatement Noah, ce fut la grâce adolescente, mêlée de nonchalance hautaine, qui persistait dans ses gestes et dans ses attitudes, cette façon de traîner des pieds et de se vêtir de peaux trop grandes pour elle, de continuer à coiffer sa chevelure noire comme le faisaient les jeunes d'alors, à la porc-épic, le crâne hérissé de longues mèches tenues par de la graisse d'ours.

Les mâles de la tribu ne se hasardaient pas à l'immobiliser dans quelque anfractuosité louche pour exhiber le brandon tendu de leur verge, en riant de toutes leurs dents moussues, comme ils le faisaient avec les autres filles. Bonté-Même, d'ailleurs, n'eût pas manqué en telle circonstance de faire mentir son surnom.

Un enfant allait naître de cette union heureuse : la jeune femme se faisait annoncer par un abdomen à la rondeur triomphante.

Ils se lièrent d'amitié, à une époque où ce sentiment n'avait pas à craindre les compromissions, les flatteries et les à-peu-près liés à l'usage de la parole.

Bonté-Même et Vertu-Vertu rendaient visite à Noah. On allait à la pêche, lors des haltes prolongées, quand les eaux n'étaient pas encore totalement prises par les glaces. Lorsque le temps était beau, on fumait des lianes en regardant le soleil faire ses exercices quotidiens ; parfois le vieil homme tentait d'enseigner l'une ou l'autre de ces inventions qu'il concoctait dans la solitude.

Il se mit de nouveau à rêver, et au matin ses rêves lui apparaissaient nets et proches comme la vie.

Ce fut au cours de l'un d'eux qu'il revit Hélène, la créature aux cheveux blonds.

Elle se trouvait dans une caverne cubique, aux parois lisses et blanches. Assise à même le sol plat, elle plaquait contre son oreille un objet brillant d'où s'échappait une liane torsadée. Elle parlait, seule dans cette vaste tanière illuminée par un soleil violent qui semblait habiter les murs. Son corps était couvert d'une matière noire, mate, qui en épousait les formes comme une peau, traçant avec une précision irréelle une tache dans le volume blanc.

Sa voix était un chant véhément. Elle s'interrompait souvent, comme pour écouter en elle une autre voix, profonde et mystérieuse. Noah vit des larmes couler de ses yeux clairs. Puis l'image se brouilla, la voix se perdit dans un mélange de bruits inconnus, la lumière devint plus crue, il vit un rhinocéros traverser en diagonale l'espace où se tenait la femme, un rhinocéros glabre. La carapace lisse donnait à l'animal l'aspect pitoyable d'un oiseau déplumé. La lumière se fit aveuglante, et Noah se réveilla.

Un peu plus avant dans la saison, quand un froid atroce s'installa, les liens qui unissaient Noah à Vertu-Vertu et à Bonté-Même eurent l'occasion de se renforcer, lors d'un de ces épisodes pénibles dont l'hiver devait se montrer prodigue.

La horde était à bout de forces. Depuis deux jours on longeait le bord d'un immense plateau congelé, sans trouver la faille qui permettrait de se réfugier dans la vallée plus hospitalière, en contrebas.

Il fallait endurer les sagaies de la neige, qu'un vent continu lançait sans faiblir. Le plus terrible était le bruit, ce hurlement ininterrompu de l'air glacé qui accompagnait le harcèlement des cristaux de glace, la course des nuages au ras de la steppe, dans une lumière de noyade. La nuit n'apportait aucun repos.

On se serrait les uns contre les autres, autour d'un maigre feu, quand il avait été possible de trouver un peu de bois ; on tentait de dormir en guettant, à travers les étincelles, ces braises immobiles qui, dans la nuit sans repères, encerclaient la troupe : les loups attendaient leur heure.

C'est le vent qui poussait la horde, qui la jetait dans des plaines hostiles, des plateaux de lave noire, des forêts aux arbres maigres et tordus dont les branches durcies par le gel vous blessaient au passage.

Le vent piaulait, le vent anéantissait toute trace du passé, tout espoir d'avenir. Il rongeait les consciences pour en faire disparaître le moindre reste d'intelligence, de courage ou de bonté ; le vent mordait sans relâche pour faire fuir les vivants toujours plus loin, pour les séparer d'eux-mêmes, pour les chasser du monde.

On découvrit enfin un goulet étroit et abrupt, qui permit de quitter le plateau. Le vent y poursuivit les fuyards avec une furie redoublée, plus strident et glacial que jamais. Les pierres roulaient sous les pieds, la pente était rude, les chutes amères.

Noah, épuisé, suivait la troupe à distance, maudissant alternativement chacune de ses jambes, la plus courte comme la plus longue, maudissant l'hiver et ses incommodités, maudissant le ciel vide de dieux, et cette vie qui persistait en lui contre toute raison, alors que tant d'hommes plus robustes étaient au cours du voyage restés plantés dans la neige comme des blocs de granit bleu.

De temps à autre, Bonté-Même venait le prendre par le bras pour l'aider à rattraper son retard.

Il y avait, heureusement, les nuits et leurs rêves.

7

— Non, Hélène.

— ...

— Hélène, non.

— ...

— Non, Hélène.

— ...

— Mais puisque, bordel de Dieu, puisque je...

— ...

— Quelles combines, Hélène? Quelle lâcheté? C'est toi qui refuses d'entendre la vérité. Les analyses sont claires, formelles. Je ne les ai pas inventées. Tu ne voudrais pas que je fasse semblant de regretter? Je n'y suis pour rien. J'avais dit oui, c'est vrai, je t'avais promis, bon, voilà, je ne peux pas. Je ne peux pas, Hélène.

— ...

— Inconsciemment?

— ...

— On ne bouche pas les testicules, Hélène. Et cesse de dire du mal de mon inconscient. Bien des gens s'en contenteraient. Si tu continues, je raccroche.

— ...

— Tu ne vas pas te mettre à...

— ...

— Je raccroche, Hélène.

Noé reposa doucement le combiné, comme s'il craignait de causer une douleur supplémentaire à sa femme. Il éprouvait une sensation étrange, familière ces derniers temps : celle de ne pas être seul. Quelqu'un le regardait, quelqu'un l'écoutait.

Il était bien seul, pourtant, dans le petit appartement aux murs couverts de fossiles, de reproductions de peintures rupestres, de plans de fouilles archéologiques.

C'était en lui. Il le sentit brusquement : quelqu'un l'observait de l'intérieur.

Hélène avait peut-être raison : il vivait trop près de ses fossiles, de son petit cimetière. Il lui arrivait de parler avec un morceau de crâne pétrifié, avec une vertèbre d'australopithèque ou un calcul rénal de mégacéros. Était-il en train de devenir fou ? Quelqu'un, en lui, regardait les choses avec un œil neuf, sauvage.

Quelqu'un se réveillait.

Noé vérifia dans le reflet de la vitre qu'il ne lui était pas poussé un museau de bouc.

Instinctivement, il ouvrit le plumier en bois de séquoia posé devant lui, qui contenait une sorte d'aiguille en pierre. Cet objet, Noé l'avait rapporté de son premier chantier de fouilles, et il le conservait, depuis, comme un porte-bonheur. Il s'agissait d'un stylet en corne fossilisé, d'usage problématique. Il saisit le stylet, le plaça dans la paume de sa main gauche, qu'il referma. D'un seul coup, il vit son bureau comme il ne l'avait jamais vu. Ou plutôt, comme s'il n'avait jamais vu de pièce de ce genre, jamais vu d'ampoules électriques ou de tableaux accrochés sur un mur. Fatigue, fatigue. Il posa le stylet, se mit à tourner dans la pièce, où traînait encore l'écho de la voix d'Hélène.

— ...

— Mais si, tu me mens. Je ne suis pas idiote, Noé. Autrefois tu me disais tout. Maintenant tu n'as plus le courage, tu n'as plus le temps, tu n'as plus l'envie. Je n'existe plus. Tu préfères tes fossiles...

— ...

— Ne dis pas non, arrête de dire non, arrête. Tu m'avais promis. Tu m'as menti, voilà.

— ...

— Si, tu m'as menti, tu me mens. Tu vois, tu ne réponds rien. Tu n'as rien à dire, parce que tu te mens à toi-même, aussi.

— ...

— Ah, ne mêle pas Dieu à tout ça. Si tu crois qu'il se soucie de tes petites combines de mec, de tes petites lâchetés, de ton refus de vivre au présent, de ton incapacité de te donner, de ta paresse devant le bonheur...

— ...

— Tu pourrais, mais tu ne veux pas. C'est la vérité. Ton sperme ne s'est pas transformé tout seul en eau de lessive. Elles ont bon dos, les analyses. Mon pauvre Noé. Regarde ces innombrables bonnes femmes qui se croient stériles, et qui ne font que s'empêcher inconsciemment de procréer. Tu les vois ? Eh bien tu leur ressembles.

— ...

— Inconsciemment. Oh, bien sûr, tu n'aurais pas le courage de prendre la décision au plein soleil de ta conscience. Non. Tu n'es pas du genre à te faire boucher les testicules ou je ne sais quoi en toute connaissance de cause. Tu préfères déléguer le sale boulot à ton inconscient minable, pantouflard, petit-bourgeois.

— ...

— Boucher, tailler, ligaturer, arracher, je m'en fous. Et puis c'est ça, raccroche, laisse-moi seule. Retourne t'occuper de tes silex, de tes squelettes, de ton pléistocène à la con. Ne raccroche pas. Je t'interdis de raccrocher, Noé, tu m'entends ?

— ...

— Ça te dérange, que je pleure ? Je n'ai pas le droit d'avoir un enfant, je n'ai pas le droit d'être une femme, et il faudrait que je me retienne de pleurer ? Et tu voudrais peut-être que je parle doucement, aussi ?

— ...

— Ne raccroche pas ! Reviens, Noé, tu m'entends ? Noé !

Le combiné pendait au bout de son bras. Elle laissa ses larmes couler. Elle n'aurait jamais d'enfant, elle demeurerait le ventre vide, inutile, à jamais affamé. Pourquoi fallait-il qu'elle aime cet homme ? Elle décida qu'elle ne l'aimait plus, mais elle n'aima pas cette décision.

Elle eut la sensation d'une présence. Elle tourna la tête : un rhinocéros à poils longs traversait la pièce en diagonale. Elle le regarda d'un œil morne passer et disparaître dans le couloir de la cuisine, puis elle se tamponna les joues.

8

La horde se regroupa sur une plage de galets, en bas du raidillon. Le spectacle était désolant. Hommes et femmes, hagards, contemplèrent l'étendue infinie d'un lac gelé, laminée par des nuages noirs. D'immenses serpents de neige s'y tordaient, excités par le vent. On ne pouvait ni reculer, ni rester sur place, faute d'abri. Était-ce un lac, vraiment, ou une mer, ou l'extrémité de l'univers ?

Des enfants eurent l'idée de pleurer. On la leur fit passer, puis chacun se remit à scruter l'horizon, cherchant en vain un amer, un signe, une invite.

Le chef s'approcha du bord, désigna avec son bâton un point invisible, et s'engagea sur la glace avec la sombre assurance de celui qui sait où il va, et qui préférerait aller ailleurs. La troupe avança derrière lui, en file magdalénienne.

Noah fermait la marche. C'était une procession sinistre d'ombres grises, entre le sol blanc et le ciel noir, sous le mugissement du vent qui, ne trouvant pas d'obstacle, s'était établi dans une sonorité grave et monocorde. La glace n'était pas lisse, mais hérissée de vaguelettes tranchantes qui faisaient mal aux pieds, pourtant emballés dans des peaux de mouflon retournées. Le reste des corps était également protégé par des jambières en écorce de bouleau garnies de mousse, des superpositions de peaux et de fourrures maintenues par des tendons séchés.

Le chef, pour se donner un genre, portait autour du cou un renard argenté qu'il n'avait pas pris la peine de vider, et qui répandait dans un large périmètre l'odeur inimitable du pouvoir. Il avançait, grandiose, sur l'eau gelée, abandonnant ses miasmes au vent charognard, et le toc régulier de son bâton sur la glace cherchait à rassurer le petit peuple qui n'en pensait pas moins.

Noah évitait de regarder en arrière. Quand il le fit, ce fut pour constater que la rive n'était plus visible. Le regard pouvait parcourir en cercle l'horizon entier sans rencontrer le moindre relief. La horde était perdue au centre d'un disque incommensurable, et les nuages, au-dessus, tournaient comme des meules prêtes à écraser ces quelques taches de couleur égarées dans le désert blanc.

Soudain, l'air se mit à vibrer à l'intérieur des poitrines. La couche épaisse de glace sembla épouser les ondulations de l'eau qu'elle recouvrait.

La nature tremblait. On entendit des craquements d'arbres tourmentés — mais il n'y avait pas d'arbres. Le vent s'enfla d'un murmure épais, de seconde en seconde il se fit plus lourd et puissant. Ce n'était déjà plus un murmure, mais un grondement énorme qui envahissait l'étendue gelée.

La troupe s'arrêta. Saisis de terreur, les hommes et les femmes se resserrèrent dans l'odeur de leur chef, qui faisait mine de conserver son calme.

Le bruit venait de partout, il s'élevait comme un monstrueux grognement de délivrance, l'annonce d'un accouchement tellurique : la terre, sans doute, allait s'ouvrir, la glace se déchirer pour laisser passage à la créature fabuleuse que l'imagination des hommes, faute de mots, n'avait pas eu le temps de forger, mais dont l'embryon, néanmoins, existait déjà dans le secret des rêves.

Les mains se crispèrent sur les hampes des sagaies. Noah, lui aussi, avait peur. Même lorsque la vie devient une denrée dévaluée, même lorsque rôde le désir d'en être délivré, il est rare que l'homme accepte avec désinvolture la perspective de se la voir ôter de façon arbitraire et soudaine.

Brusquement elle fut là, la bête chimérique. D'abord on vit s'élever son haleine au ras de la glace, droit devant, dans un grondement d'avalanche : un nuage de brume scintillante gonflait à vue d'œil, comme surgi d'un invisible feu. Les oscillations du sol étaient telles, désormais, qu'on pouvait se croire sur un de ces pontons de branchages utilisés pour la pêche au bord des lacs, où les enfants, en été, jouaient à distraire les pêcheurs à l'arc en sautant à pieds joints.

Appliquant sans le savoir le procédé des manchots du pôle, le groupe humain effectuait un mouvement de lente rotation sur lui-même, obligeant chacun à se trouver périodiquement exposé, sur l'extérieur du cercle, à l'effrayante vision. La bête approchait, on percevait plus nettement le martèlement de son pas innombrable, on distinguait maintenant une ligne sombre et mouvante qui se dessinait sur un grand tiers de l'horizon.

Noah n'aimait pas cela. Sa propre frayeur l'indisposait. Il cherchait à la tromper en essayant d'extraire de sa mémoire une sonorité familière équivalant à ces battements sourds et lyriques qui traversaient tout. Il n'en retira que des sons incompréhensibles, *Jo Jones, A prayer from my dog, drums solo,* ou peut-être *Dom-dom, dabede bom bam bom, dam doudou, kss* — mais où avait-il entendu ça?

Les craquements s'amplifiaient, profonds, inexplicables. Au-dessus de la horde, un vol de ptérodactyles tournoyait, indifférent aux rafales — ces bêtes prenaient rarement pour rien le risque d'approcher les humains; ceux-là, sûrs de leur fait, claquaient ostensiblement du bec, et larguaient avec mépris sur les chasseurs leurs fientes délétères.

Vertu-Vertu, qui serrait la main de Noah, cria. Elle venait de comprendre. Noah put instantanément traduire son cri (formé d'une voyelle postérieure arrondie et d'une succession de bilabiales sourdes, approximativement [/o, pəpəpə/]) par « Je viens de comprendre, oh ».

Il décida que si le destin lui en laissait le loisir, il surmonterait ses réticences et fixerait les formes d'un langage commun.

Mais qu'avait compris Vertu-Vertu?

Ceci: le rhinocéros laineux est une espèce farouche, peu encline au commerce avec autrui, aimant les déambulations songeuses et solitaires à travers les steppes, et ne s'accordant qu'avec parcimonie des escales sexuelles brèves, dépourvues de fantaisie et sans engagement mutuel. Mais il peut arriver, lors de circonstances exceptionnelles (un hiver trop rigoureux, par exemple), qu'un nombre très grand, voire exagéré d'individus se rassemblent pour transhumer à travers lacs et mers gelés. Voilà ce qu'elle venait de comprendre.

Le troupeau, oui, approchait, poussé au galop par un instinct aveugle — et ce n'était plus un troupeau, mais sans doute la totalité des représentants de l'espèce. On eut l'impression que l'étendue blanche basculait à la verticale, et qu'il allait pleuvoir des mastodontes. Or aucun homme ne peut souhaiter entrer en contact avec un rhinocéros, fût-il laineux, lancé à pareille vitesse.

9

Le front mouvant des rhinocéros ondulait, hérissé de cornes que l'on voyait monter et descendre. Leurs pattes massives pilonnaient la glace, la faisaient gémir et craquer. Noah crut discerner, sur la muraille brune qui grandissait à vue d'œil, la danse des petits yeux féroces, ronds et brillants comme des myrtilles.

On avait bien vécu. Il ne fallait pas se plaindre. On n'aurait pas à subir le reste de l'hiver sur ces plateaux venteux et mal approvisionnés. (Essayait de se dire Noah.)

Le vacarme devient prodigieux. Le ciel bas forme une conque où le tonnerre roule, se soulève, retombe. Le sol a des soubresauts brutaux, irréguliers. Les gémissements de la glace qui ploie se font stridents, et les enfants mêlent leurs plaintes à celle de la glace prête à rompre.

La stupeur a quitté le groupe, qui se disloque. Certains fuient, d'autres s'effondrent misérablement sur eux-mêmes. Des adolescents se dissimulent sous les fourrures de leurs parents. On ferme les yeux, on se bouche les oreilles, on court, on proteste, on s'indigne, on tourne en rond, on pleure, on regrette, on se sent abandonné, on crache, on menace, on pousse le chef vers la vague barrissante en lui suggérant de négocier, on lance les sagaies trop tôt, on se disperse, on dépense de l'énergie, on mord son voisin, on se ronge les ongles, on joue les indifférents, on se moque des bêtes à cornes, on est sûr que tout finira bien, on croit rêver, on bat des mains, on tape des pieds, on se souvient des jours passés, on trouve que la chair est triste, on a mal au ventre, on préférerait ne pas, bref on s'apprête à mourir.

L'averse de colosses va écraser les hommes, on n'entendra pas même leurs cris.

Soudain...

Soudain, Vertu-Vertu s'écarte de Bonté-Même. Elle s'avance, courant à petites foulées, en faisant flotter au vent l'écharpe en fourrure de renard blanc qu'elle portait autour du cou. Chez les humains, nul n'a réagi : on attend la mort qui arrive au galop. Seul Noah a ouvert la bouche, mais au moment de crier « Attention ! », il s'aperçoit qu'il ne connaît pas ce mot.

Il se produit alors ceci, qui semble remarquable aux plus défaitistes : l'énorme rhinocéros qui avance un peu en avant des autres, et entraîne au pas de charge leur masse gigantesque, semble hésiter un instant. Il a levé la tête, sa corne éprouve l'épaisseur des nuages, sa course rectiligne s'infléchit et ondule, et dans un barrissement de fin du monde, le voilà qui allonge ses deux pattes cylindriques devant lui afin de freiner son élan. Il continue pendant plusieurs dizaines de mètres sur son erre, poussé par la masse de ses congénères.

Derrière, la confusion s'installe. Les bêtes s'entassent sur les premiers rangs qui sont maintenant presque arrêtés. On distingue parfaitement leurs regards furibonds ou incrédules. Le grondement s'exténue et meurt, et pendant quelques secondes les hommes hébétés contemplent l'empilement de têtes, de pattes, de cornes, de carapaces laineuses d'où s'échappent de piteux couinements.

La jeune femme s'est immobilisée à quelques mètres des fauves, non loin de la horde pétrifiée.

C'est, enfin, le naufrage. La glace, qui résistait de mauvaise grâce à la pression des bêtes emportées par leur course, décide d'abandonner la lutte sous le poids immobile du troupeau. Un craquement lugubre, et la première couche de rhinocéros se retrouve les pattes dans l'eau (surprise, protestations, vaines menaces), puis le poitrail, la tête, la double corne (lamentations, résignation, bulles) — la glace se fissure et se rompt dans un bouillonnement d'écume grise —, de partout montent les bruits des corps affolés et des glaçons qui s'entrechoquent. Les pauvres bêtes ont un rictus amer, comme tout à l'heure certains humains : partir, déjà, pourquoi, pour où ?

Un vaste cratère s'était formé dans la glace, où bouillonnait encore la lave rhinocérique. Les dernières bêtes barbotaient, puis coulaient. L'une d'entre elles, luttant avec un entêtement digne de compassion, s'approcha de la bordure du trou où se tenait Vertu-Vertu, ventre tendu, le bras toujours brandi avec sa flamme blanche.

Ensorcelés, les hommes ne virent pas venir le danger. Lorsque le rhinocéros, épuisé, atteignit la berge et y posa les pattes, seul Noah bondit et courut vers la jeune femme. Au moment où il la rejoignait, le poids de l'animal fit céder la glace. La bête disparut dans un remous noir. Noah serra Vertu-Vertu contre lui : ils se trouvaient sur un radeau de glace ballotté par une mauvaise houle. La surface glissante penchait d'un côté et de l'autre, et finit par se retourner. Assommé par le choc, Noah n'eut pas le loisir de vérifier si l'eau était douce ou salée.

10

Quand ils se réveillèrent, les deux naufragés étaient blottis sur les genoux d'une colossale matrone, qui leur donnait le sein. Des visages inquiets, ravagés par le froid et la fatigue, se penchaient sur eux. Ils sentirent l'odeur de la fumée : on avait atteint une rive, on avait trouvé du bois. Le soir, on fit une fête autour du feu ; mais Noah, qui s'était rendormi contre la poitrine tiède et velue, ne put pas voir ses congénères danser.

Intarissable et exquise mamelle ! Combien de petits d'homme avait-elle amenés à la vie ? Il en coulait un suc tiède où venaient fondre l'hiver et le malheur. Ce n'était pas du lait, mais la vie même qui, à travers les lèvres gercées de Noah, inondait ses dents branlantes, sa langue rêche de vieillard hors d'âge, son corps tordu, cassant. Il baignait dans l'océan de cette poitrine, suçant le téton mirifique avec plus d'avidité qu'il ne l'avait fait pour celui de sa mère.

Il se réhabitua à l'idée de vivre. Il restait par périodes dans une demi-conscience hébétée, puis le sommeil l'agrippait de nouveau pour l'entraîner. Ces va-et-vient cotonneux entre le réel et l'absence étaient peuplés de rêves au cours desquels il retrouvait Hélène et Noé.

Il résolut de déchiffrer les arcanes de ce monde étrange dans lequel il pénétrait à peine le sommeil arrivé. Ce travail accaparait la presque totalité de ses heures de veille, au cours desquelles il tentait douloureusement de se remémorer chaque image, chaque couleur, chaque son, chaque élément incompréhensible de ses rencontres nocturnes.

La lune le réveilla, glaciale comme un œil. Dans la conscience chaotique de Noah, des cris pareils à des aboiements, des bruits de course, des halètements furieux, des chocs sourds se mêlaient à des gémissements tout proches. Son corps était de neige, des tremblements convulsifs le parcouraient entièrement, sous son crâne se traînaient des morceaux de pensées frigorifiées, ses dents claquaient. Il ne sentait plus contre lui le corps de la nourrice. Le sang gelait dans ses veines.

On les avait installés, Vertu-Vertu et lui, au creux d'une énorme souche, sur un matelas de feuillages. On avait jeté sur eux quelques peaux raidies par le froid. La jeune femme grelottait en gémissant. Noah se rapprocha d'elle, la prit contre lui, tenta de la réchauffer. Mais quelle chaleur pouvait procurer son vieux corps, ce sac de peau desséchée rempli de neige ?

Contre lui, il sentait trembler le ventre rond de Vertu-Vertu. Il se redressa, regarda son visage. Elle ouvrait sur lui des yeux pleins de tristesse.

Noah pensa à sa femme, l'aimée, la disparue. Elle

aussi avait ces yeux noirs bordés d'épaisses paupières, surmontés par l'ondulation douce du bourrelet de l'arcade sourcilière, avec cette toison sombre et fournie couvrant entièrement le front et descendant sur le cou, les épaules et une partie des mâchoires.

Que faisait Bonté-Même? Sa place était ici, dans ce berceau de feuilles gelées, et non près du grand feu dont on voyait palpiter les reflets sur les frondaisons.

Noah devait le trouver, et l'amener auprès de sa femme, qui semblait prise de fièvre. Il tenta de se lever, retomba, fit un nouvel essai. Ses jambes le soutenaient à peine. Il fallut enjamber le bord de la souche creuse, marcher en direction du feu en s'appuyant sur les troncs que le gel avait pour la plupart fait éclater. Il trébuchait sans cesse, et le moindre choc lui procurait une vive douleur. Ses os lui semblaient être devenus plus cassants que des brindilles.

Lorsqu'il atteignit enfin la clairière, Noah comprit l'origine des bruits et des cris qu'il avait cru percevoir dans son hébétude.

Une jeune australopithèque, qui se tenait dissimulée derrière un monticule de mousse, détala à son approche. Sa présence surprit le vieillard, car ces êtres rudimentaires, hauts comme trois pommes, évitaient d'ordinaire soigneusement le voisinage des hordes humaines. On en voyait d'ailleurs de moins en moins, et Noah, en son for intérieur, formulait les plus sombres réserves quant aux chances de survie de cette sympathique espèce. Les hommes avaient définitivement pris le dessus, avec leur denture solide, leur haute stature, leur goût de la viande et du sang. Les australopithèques, paisibles mangeurs de salade, étaient dotés d'un cerveau à peine plus gros qu'un cerneau de noix, aux hémisphères presque indifférenciés, ce qui ne leur permettait pas d'espérer grand-chose de bien fameux dans l'ordre de la réussite sociale.

Noah comprit ce qui s'était passé. La horde surexcitée par le feu et par le sentiment du danger vaincu, ivre de danses et de cris, avait décelé la présence dans les parages d'une bande de ces gnomes inoffensifs, et décidé de s'offrir un massacre.

Noah se traîna un peu plus loin. Une scène de genre acheva de l'éclairer : un homme et une femme, assis sur un australopithèque, essayaient en riant de lui faire manger un tison. À quelques pas de là, on pilait des tibias, on arrachait des poils, on remplissait des bouches de cailloux et des narines de terre, on brisait des doigts, on ouvrait des ventres, on mangeait des foies : la fête était à son comble.

Noah trottinait au milieu des corps exultants ou défaits, incapable de pousser un cri. Il cherchait Bonté-Même dans le carnage, et ne le voyait pas. Quelqu'un lui fourra une rate encore tiède dans la bouche. Malgré son opposition de principe à l'anthropophagie, il dut convenir qu'elle n'était pas mauvaise.

La matrone qui les avait nourris, Vertu-Vertu et lui, s'amusait à reconstituer un corps à partir de morceaux épars traînant çà et là. Mieux disposée pour l'allaitement que pour les jeux de construction, elle se grattait le front en contemplant un assemblage très vaguement anthropomorphique formé de trois jambes et d'un demi-thorax. L'expression de son visage, tandis qu'elle était absorbée par cette activité, atteignait une sorte de perfection dans le registre de la méchanceté obtuse.

C'est l'homme. Noah connaît. Un peu de douceur l'aurait étonné davantage.

Encore une fois il trouve la vie lente et longue. L'innocence carnassière de ces débordements, la mystérieuse joie qui s'en dégage : quand il faudra trouver un mot, on appellera ça vivre.

Au milieu des cris, dans l'odeur de viande brûlée, des enfants jouent. On imite les gestes des grands avec des semblants de gourdins, on essaie les fourrures volées sur des cadavres en prenant des poses, on rit, on roule au sol en se tenant par les épaules. Les regards des enfants sont pleins d'un appétit candide. Le fait est : ils sont beaux à voir.

Pour l'heure, Noah ne doit se préoccuper que de Bonté-Même, dont il cherche partout la trace. Mais où peut-il être, dans ce carnaval, sinon parmi les morts ?

Il finit par le trouver, pourtant, encore attaché au monde des vivants par un souffle qui soulève à peine sa poitrine. Il est allongé sur l'humus craquant de gelée, bras déjetés, le front orné d'une couronne vermeille. Hors d'usage, le brave hominien, sans doute écarté d'un coup de massue tandis qu'il tentait de faire valoir quelque argument exagérément pacifique.

Noah pose la main sur l'épaisse toison noire qui couvre le cou de Bonté-Même. Du sang bat sous ses doigts, tiède, rassurant. Un rictus désabusé retrousse les babines de l'inanimé. Noah recouvre le corps d'un monceau de feuilles mortes, pour l'abriter un peu du froid.

Même si les minutes n'existent pas, il n'y en a pas une à perdre. Il doit retourner auprès de Vertu-Vertu. Le vieillard court en boitant, faisant un détour pour éviter toute rencontre.

11

La jeune femme avait les yeux grands ouverts.
Deux lunes s'y reflétaient, froides et vides. Ses mains
ridées, luisantes, étaient posées sur la demi-sphère
de son ventre. Ses épaules s'abaissaient spasmodi-
quement, accompagnant des gémissements réguliers
et furieux.

Noah comprit qu'un petit allait naître.

L'aimée, autrefois, avait accouché de dix-sept
enfants. Tous de Noah, tous morts dans la fraîcheur
de l'âge. Le premier, volé par un couple de gastro-
nomes pour agrémenter un repas de fin de saison; le
deuxième, mort-né; le troisième, mort-né; le quatrième, dévoré par les hyènes; le cinquième, perdu en
forêt; le sixième, né sans jambes, abandonné dans un
bivouac; le septième, noyé; le huitième, foudroyé; le
neuvième, lapidé par ses camarades de jeu; le
dixième, mort-né; le onzième, empoisonné par un
champignon; le douzième, écrasé par un buffle; le
treizième, mort par manque de chance; le quator-
zième, mort de tristesse; le quinzième, mort de rire;

le seizième, mort de peur en entendant une voisine de caverne chanter; le dix-septième, suicidé car il ne supportait pas d'être fils unique.

La matrice de l'aimée s'était alors racornie, et le couple avait cessé naturellement d'ajouter tous les neuf mois au désordre régnant.

Un enfant allait naître...

Noah, désemparé, s'accroupit derrière Vertu-Vertu, dans le nid de feuilles et de peaux. Il la saisit sous les aisselles et l'installa entre ses cuisses écartées. La tête de la jeune femme reposait contre son abdomen. Il émanait d'elle une odeur d'écorce et de fruit. Noah ferma les yeux.

Assis sur ses talons, il se laissait envahir par sa chaleur tremblante. Ses mains, posées entre les seins et le ventre gonflé, participaient au travail de Vertu-Vertu. Sous le dôme de peau blanc comme une lune s'agitait une vie prête à crier.

Il se mit à chanter. Sa plainte lancinante se mêla à celles de la femme. La forêt se pencha sur eux.

On entendait, non loin, les aboiements des hommes. Un enfant allait naître dans cette chiennerie. Noah revit le visage épouvanté de la jeune australopithèque, sa fuite entre les troncs des bouleaux.

Il ouvrit les yeux. Les silhouettes de ses dix-sept enfants morts tournaient lentement autour de la souche où commençait le travail de Vertu-Vertu. Les plus petits, les nourrissons, les bébés mort-nés, étaient portés par leurs frères et sœurs plus âgés.

Tous regardaient leur père.

Dans cette chiennerie, parmi les fantômes et les

fous, dans cet enclos sauvage où chacun déchirait chacun, où même les plantes avaient des griffes, dans cette éternité de gel et de sang, dans ces cris, ces râles, ces gémissements, un enfant allait naître. Les hyènes approchaient déjà, et les vautours, et les rats. L'enfant survivrait peut-être aux hyènes, aux vautours et aux rats; il aurait alors affaire aux hommes.

Le chant de Noah se transforma en une douce lamentation. Vertu-Vertu avait de plus en plus mal. Elle poussait des cris rauques, cherchant à expulser le corps étranger qui refusait de s'arracher à elle. Noah comprenait ce refus — et pourtant, il lui fallait aider à cette mise au monde. Ses vieilles mains accompagnaient les efforts de la jeune femme, appuyant en cadence sur la boule de peau gonflée d'eau tiède.

La lutte entre la mère et l'enfant ne faisait que commencer. Personne ne se souciait d'eux. La nuit d'hiver s'étirait, elle n'avait plus ni début ni fin. Parfois le visage de la jeune femme se renversait, son regard tentait d'accrocher celui du vieillard, mais il suivait la ronde de ses enfants.

En lui aussi quelque chose gonflait, cherchait l'air du dehors. Ses mains se crispaient maintenant sur le ventre de Vertu-Vertu, comme pour retenir l'enfant, comme pour l'encourager à combattre le désir de sa mère qui voulait le contraindre à vivre. Et les efforts conjugués de Noah et de l'enfant semblèrent victorieux : les contractions s'apaisèrent, le souffle de la femme se fit moins haché, ses gémissements s'espacèrent. Une pause dans le combat.

Noah ferma de nouveau les yeux. Une lune orangée flotta sous ses paupières.

Il s'endormit. Hélène parlait. Il l'écouta.

— Le monde ? Quoi, le monde, qu'est-ce qu'il a, le monde, il n'est pas assez beau pour toi ?

Noé étire ses lèvres vers le bas et secoue la tête dans un mouvement de dénégation affligée. Pas assez beau, non.

Ils sont dans une pièce que Noah ne connaît pas, au milieu de certains de ces objets qui lui sont devenus familiers, bien qu'il ne sache pas encore tous les nommer : miroir, tableaux, étagères, fauteuil, et ce lit sur lequel ils sont assis en tailleur.

Noé a les yeux fixés sur la télévision allumée. Sa main droite tient un verre dans lequel tremble un liquide jaune. À côté de lui, Hélène tente en vain d'attirer son attention.

— Tu as déjà vu ce film dix fois, reprend-elle d'une voix froide.

— Vingt, au moins, et ce n'est pas fini, articule avec peine Noé, avant d'engloutir le contenu de son verre.

Noah, lui, sourit dans son rêve : c'est la première fois qu'il voit un film à la télévision. Le personnage qui s'agite sur l'écran ressemble un peu à Haute-Futaie. Cependant il lui trouve un il-ne-sait-quoi de factice, de glabre, de ridiculement harmonieux et honnête — jusque dans le langage qu'il utilise, fait de glapissements policés, d'onomatopées savamment articulées, qui n'ont rien à voir avec ceux de ses congénères. Noah se sent à tout prendre plus proche d'Hélène, qu'il a le sentiment d'avoir créée, que de ces créatures vêtues de peaux de bête trop propres.

— Mais qu'est-ce que je dois faire pour te plaire, pour exister? explose Hélène. Tu veux que je me mette à bramer comme ces pitres, que je m'habille de peaux de bête?

— Oui, mais alors de toutes petites bêtes, négocie Noé avec la voix niaise des ivrognes.

— Bon. Fais-moi un enfant, dit-elle en enlevant son chemisier.

— Peux pas.

Il hausse les épaules et augmente le son de la télévision avec la télécommande.

Hélène est nue. Elle éteint la télévision, s'assoit sur le poste.

Noé lève les yeux, et pendant un instant reconsidère le monde.

— J'attends, dit Hélène (doucement).

Résigné, il se lève, étreint le monde qui, tout de même, a sa beauté.

— Et tu ne parles plus de guerre. (Elle l'embrasse.) Ni du tibia du site 333. (Elle tente de l'extraire de ses vêtements, dans lesquels il s'empêtre.) Ni du monde affreux dans lequel naîtra notre enfant. (Elle le met en situation de perpétuer l'espèce.)

Leurs corps se mélangent alors et s'imbriquent avec une fantaisie et une précision qui épatent Noah.

Dans son rêve, Noah s'agite. La prestation du couple commence à susciter en lui un authentique enthousiasme. Il voudrait les féliciter l'un et l'autre, leur prodiguer suggestions et encouragements. Surtout à Noé, à vrai dire, qui maintenant semble faiblir, Noé dont les mouvements se font moins vaillants, Noé qui s'exténue et s'écarte insensiblement de sa partenaire. — Serait-ce déjà fini? Non! Le voici qui repart à l'ouvrage avec une ardeur intacte! Hélène, un moment déroutée, reprend confiance et se fait plus pressante... Ils avancent de nouveau à l'unisson. Noah peine à distinguer les deux corps dans ce chavirement continu, Noah serre les poings et se retient de hurler — jamais le but n'a été aussi proche! Ah, mais... que se passe-t-il? Encore une fois Noé paraît soucieux, son front se plisse... Hélas... Tout, dans l'expression de son visage, laisse craindre un début de pensée... Ses gestes ralentissent, ses mains desserrent leur étreinte, son corps ramollit et s'éloigne... Hélène tente en vain de l'exhorter de toute sa peau tendue comme un étendard... Mais Noé s'écarte inexorablement, voilà qu'il se détache d'elle... Chacun roule vers un côté opposé du lit.

Noah, consterné, n'a pas la force de siffler. Tandis qu'Hélène ramasse en silence ses habits et quitte la pièce, il éprouve un sentiment de honte et de fureur.

Comment peut-on refuser un enfant à une telle femme? Et comment peut-on trouver horrible un monde où l'on s'allonge sur des couches qui semblent avoir la mollesse et la douceur d'un ventre de mouflonne, où l'on dort sans crainte d'être réveillé par le hurlement des hyènes ou la pointe des sagaies? Comment peut-on avoir peur de laisser naître un enfant dans un univers où la lumière brille jour et nuit, où l'on se vêt d'ailes de papillons, où les humains s'expriment non pas en frappant, mais en produisant de la musique avec leur gorge?

Noé s'est assis sur le bord du lit, le regard dans le vague. Il réfléchit — il regrette peut-être. Mais pas pour longtemps : Hélène, habillée, vient d'entrer dans la pièce. Elle s'approche rapidement, lui assène une gifle qui l'envoie sur le dos, et ressort aussitôt.

Le bruit de la gifle a réveillé Noah. Il se retrouve dans son hiver préhistorique, seul avec Vertu-Vertu qui se frappe le ventre du plat de la main. Elle a les yeux tournés vers lui, le visage creusé par la douleur. La lune s'accroche aux cimes des séquoias. Les branches craquent sous les pas des bêtes, les oiseaux se lamentent; on n'entend plus les hommes, qui ont dû s'endormir, repus, en tas, dans quelque abri épargné par le gel.

Noah a pris le stylet planté dans sa fourrure. Il voudrait pouvoir dessiner contre le ciel, pour son amie et pour l'enfant, un avenir sans hiver et sans faim, un monde où les gifles ressemblent à des caresses, où l'on boit dans des verres et non à même les flaques, où l'on fait l'amour sans se soucier du gel ni des serpents.

Il comprend soudain qu'elle va mourir.

Cette douleur n'est pas humaine, elle l'aspire hors du temps et de l'histoire, vers un au-delà des fatigues. Il sait qu'il ne pourra pas retenir Vertu-Vertu. Il la serre contre lui, doucement. Il échangerait volontiers son interminable destin contre celui de cette femme. Il pense à l'enfant qui pour quelques instants encore nage dans sa sphère d'eau tiède — il pense, surtout, à ce qui l'attend.

Cela ne se peut pas. Noah crie vers la lune, lui demande son aide. Elle a la blancheur du visage d'Hélène, sa douceur de lait, de longs nuages flottent autour d'elle comme une chevelure.

Vertu-Vertu s'épuise. Elle a saisi les mains de Noah, les appuie sur son ventre. Il sent le stylet sous sa paume.

Noah hurle vers Hélène, dont le visage, dans le ciel, s'anime. Elle sourit : elle a entendu. Le vieillard se tait, rassuré.

L'enfant ne naîtra pas ici, dans ce siècle de hyènes. Il connaîtra le téléphone et le champagne, il lira le Grévisse, regardera *La Guerre du feu* avec son père à la télévision. Il ressemblera à son époque : il sera élégant et doux.

Car si le phénomène est difficile à expliquer, il n'en est pas moins constatable à vue d'œil : le ventre de Vertu-Vertu, sous la pression des mains de Noah, perd progressivement de son volume, tandis que celui d'Hélène, dans un siècle lointain et dans un autre lieu, commence à gonfler imperceptiblement.

L'enfant roule au fil du temps, boule de duvet emportée à travers les ères et les générations. Son voyage durera neuf mois, délai qu'Hélène mettra à profit pour conduire avec Noé quelques entretiens délicats.

L'enfant, velu à souhait, naîtra sans cordon ni nombril, libre, plein d'appétits.

Élégant, oui, et doux, oui, et bon comme son père, et généreux comme sa mère, et il vivra ce que jamais il n'aurait pu vivre dans cette époque de glace et de larmes, et Noah assistera avec joie et fierté à ses découvertes, à ses progrès...

Délivrée, Vertu-Vertu eut un sourire que Noah ne put voir : la lune avait disparu sous une fantasia de nuages noirs.

Puis il arriva à la jeune femme cette aventure commune : un trou s'ouvrit devant elle, c'était la mort, elle n'exista plus.

12

Avec Vertu-Vertu, un peu de la grâce humaine s'était envolée. À travers elle, comme à travers Bonté-Même, Noah avait entrevu ce qu'aurait pu offrir à l'univers une espèce qui n'eût pas été à chaque instant occupée à son propre avilissement.

Mais puisqu'il lui revenait de vivre, et de vivre sans elle, il reporta la totalité de l'affection qu'il vouait naguère au couple sur le seul Bonté-Même — miraculeusement réchappé au massacre des australopithèques. L'amitié nouvelle, bâtie sur le deuil, gagna en profondeur, au fil des saisons, ce qu'elle avait perdu en gaieté.

Noah rêvait beaucoup. Il fréquentait chaque nuit l'univers d'Hélène et de Noé (il prononçait désormais leur noms sans difficulté), tandis que l'enfant poursuivait son voyage dans une lézarde de l'espace-temps.

C'était devenu une gymnastique familière : il s'allongeait, serrait le poing sur le stylet de corne, et se laissait aspirer par un rêve qui le transportait auprès d'eux. Il en revenait pantelant d'excitation et d'émotion. Le reste de la horde, à l'exception de

Bonté-Même, le regardait avec inquiétude ou apitoiement : les yeux cernés, le corps décharné, il n'était plus que l'ombre de lui-même.

Quand il se réveillait, la tête lourde, barbouillé de visions, les autres étaient déjà partis à la chasse.

C'est ainsi, en regardant et en écoutant Hélène et Noé, qu'il conçut son grand projet d'éducation populaire. Surmontant ses réticences premières, il décida d'apprendre à parler comme eux, puis de transmettre son savoir en premier lieu à Bonté-Même, dont la sagesse et la maturité faisaient l'élève idéal. Plus tard, éventuellement, il formerait le reste de la horde aux nuances de la communication orale.

Au cours de ses voyages nocturnes, il avait pu constater à quel point l'usage des mots peut faciliter la compréhension du monde et rendre l'existence plus aimable.

Lorsque Hélène, par exemple, disait à Noé : « Tu n'es qu'un porc, une outre pleine de science et de vent, tu parles pour ne rien faire, je ne suis pour toi qu'une mouche du mésozoïque prise dans l'ambre, tu n'es qu'un porc, un homme, rien, tu ne me touches que pour te rassurer — mais oui, tu existes, mais oui, tu es là puisque tu jouis, et je ne suis pas sûre que ce soit une bonne nouvelle —, tu n'es qu'une larve esclave de ses plaisirs microscopiques, tu n'as pas d'avenir, tu ne veux pas d'enfant, tu ne veux pas croire que je suis enceinte de toi, tu es une poussière qui vole, je t'aime, merde, je t'aime », elle émerveillait Noah par une virtuosité dans l'usage des figures du discours dont, malgré tous ses efforts, il se sentait encore bien loin.

Et lorsque Noé répondait à Hélène : « Tu te soûles de mots, tu refuses de me voir tel que je suis, stérile comme je suis, amoureux comme je suis, plein de douceur, d'amour de toi, de prévenance, de tendresse, mais dis-moi avec qui tu as couché espèce de garce, dis-le-moi ou je quitte la pièce », Noah admirait la complexité des idées exprimées — il n'en comprenait pas le tiers —, les nuances dans l'analyse des sentiments humains, et même une poésie incantatoire qui l'émouvait.

Mais ce qui l'étonnait par-dessus tout, c'était l'absence d'échanges de coups. Hormis l'égarement de certaine gifle mémorable, jamais Hélène ou Noé ne levaient la main l'un sur l'autre, jamais ils n'utilisaient les objets, qui pourtant s'offraient à eux en grand nombre, pour mettre fin à un conflit.

Peut-être se battaient-ils lorsqu'il ne les observait pas, mais on pouvait en douter, car ni leurs visages ni leurs corps ne portaient les traces de controverses passées — tandis que les membres de la horde, femmes, enfants, hommes, vieillards, singes familiers, arboraient tous des visages cassés, des jambes tordues, des traces de morsures.

Noah n'était pas assez naïf pour croire que les mots pourraient un jour remplacer les gourdins et les poings. Mais dans des moments d'euphorie, il se prenait à penser que là où le grognement, unique véhicule d'informations ou d'expressions parmi ses congénères, montrait rapidement ses limites — malgré les vingt ou trente modulations élaborées au cours des âges —, le langage, avec ses possibilités infinies, ses nuances délicates, sa musique apaisante, pouvait peut-être introduire un peu de raison au cœur des rapports humains, réduire les animosités, donner un sens aux gestes, éloigner l'homme de l'animal, et, qui sait, éviter les guerres.

13

Bonté-Même et Noah, assis sur un piton rocheux qui domine le campement.

Sur les arbres, les bourgeons crépitent en flamm-mèches vert tendre. Un vieil archéoptéryx cisaille le ciel d'un air las ; ses ailes grincent. Les enfants velus jouent entre les abris de branchages. Autour du feu, les guerriers font durcir les pointes de leurs lances.

Plusieurs saisons ont passé depuis la mort de Vertu-Vertu. Noah, désormais, possède une maîtrise suffisante du langage d'Hélène et Noé pour pouvoir l'enseigner à son ami.

Le vieillard s'est pris d'une passion irrépressible pour les mots inutiles — imperméable, bouchon-doseur, felouque, saumur-champigny, biberon, castagnette, garderie, single malt — qui envahissent la conversation du couple. Il ignore à quoi ils se réfèrent, mais le plaisir n'en est que plus grand de les faire rouler interminablement dans sa bouche comme des fruits exquis. Il lui arrive, inversement, de ne pas savoir comment désigner un objet : il improvise alors, et nomme un ourson soutien-gorge ou un tyrannosaure (rares, les tyrannosaures) radovan-karadzic. Mais la conversation de Noé, qui parle beaucoup travail (Hélène le lui reproche assez), fournit en général à Noah un lexique adapté à son environnement.

Convaincre Bonté-Même de l'utilité du langage n'a pas été de tout repos. Pour lui, la vie est faite de gestes simples, basés sur l'instinct ou la nécessité, de sentiments élémentaires. Mais le regard paisible qu'il porte en toute occasion sur son vieil ami traduit une disposition peu fréquente en ce temps : la confiance. C'est ce qui explique son consentement à l'apprentissage.

Deux hommes, donc, sur leur piton rocheux.

Noah désigne le feu, en bas.

— Le feu.

— Oth.

— Le feu.

— Oô.

— Feu. Le feu.

— Fffôô.

— Non. Le feu. Le feu, quoi.

— Coa.

— D'accord. Essayons autre chose. Regarde ça. Caillou. Cail-lou.

— You.

— Un caillou. Le caillou. Caillou.

— Chou.

— Caillou.

— You.

— Caillou. Cail-lou. CAILLOU. Non ?

— Le feu.

— Pourtant c'est un caillou, je t'assure... Allons, fais-moi plaisir... Caillou. Le caillou. Hein ? Caillou...

— Oth.
— Et merde.

— Hélène, arrête de persécuter cet enfant. Il apprendra bien assez tôt à dire des bêtises.
— Avant que tu apprennes à te taire, en tout cas. Dis-moi, Noé, tu n'as pas de travail? Un petit os à gratter? Un article à écrire?
— Si, si. Mais justement, en observant le petit, je me disais... Tu vois, cette arcade proéminente, cette pilosité excessive...
— Excessive? Tu as dit excessive?
— Surabondante, oui. Il présente indéniablement certaines caractéristiques du pithecanthropus erectus immature... J'aimerais beaucoup savoir à quoi ressemble le père.
— Noé, tu recommences.
— Simple intérêt professionnel. Rien de plus.
— Tu ne vas pas remettre ça, dis? Tes scènes ridicules? Ta jalousie minable? Et devant lui, en plus?
— Pas de danger qu'il comprenne. Cortex réduit: 1 000 cm^3 à l'âge adulte, et encore. Irrigation sanguine méningée rudimentaire. Inaptitude probable aux activités technologiques évoluées (mettre la table, ranger une chambre), et à la compréhension des disputes entre parents. Je prendrais volontiers les mesures du crâne du géniteur.
— Arrête. Sérieusement, tu le trouves trop poilu? Regarde comme il nous sourit... C'est joli, ces poils, non? C'est viril...
— Viril, c'est ça. Bon. Je vous laisse.
— Papa est sorti. On continue? On continue.

82

Regarde le joli caillou qu'il a rapporté de Dordogne.
Dis : caillou. Cail-lou.

— You.

— Un caillou. Le caillou. Caillou.

— Chou.

— Caillou.

— You.

— Mais non, enfin! C'est un caillou, bon Dieu! Un caillou!

— Le feu.

— Fais plaisir à maman, tu veux? Caillou, hein, caillou...

— Pithécanthrope.

— D'accord. Va voir ton père.

14

Les mois et les années passaient, et Noah, qui depuis longtemps ne vieillissait plus, voyait se transformer son compagnon. La toison de Bonté-Même se parsemait de taches plus claires; sa peau, aux abords des yeux et de la bouche, présentait des entailles plus profondes qui multipliaient les nuances de ses expressions; ses gestes se faisaient plus lents et posés.

L'amitié leur était une consolation de chaque instant. Leurs comportements de vieux couple faisaient l'objet, en leur absence, de maints ricanements, voire d'imitations outrées ou obscènes, mais jamais un membre de la horde, fût-il le plus insolent, ne se hasardait en leur présence à manifester la moindre marque de dérision.

Après la mort de Vertu-Vertu, Bonté-Même resta longtemps inconsolable.

Il repensait à Vertu-Vertu, à ce cadavre au ventre plat retrouvé un matin d'hiver au creux d'une souche. Son visage, d'une blancheur de pierre sous la chevelure où scintillait le givre, ne portait aucune trace des douleurs de la nuit. Corps de pierre, lèvres blanches, corps dur et froid, corps sans frisson et sans haleine, regard immobile planté dans les nuages : Bonté-Même s'était penché sur lui comme au bord d'un abîme ; seule le retenait la main de l'ami posée sur son épaule.

Il n'avait plus de femme, il n'aurait pas d'enfant — disparu avant d'être né, dévoré par l'hiver.

Bonté-Même avait recommencé à vivre un soir, au printemps. C'était longtemps avant qu'il apprenne à parler.

Noah et lui avaient passé la journée au bord d'une rivière. Il restait prostré, assis à même la terre humide de la berge, tandis que l'agile vieillard attrapait, en glissant la main sous les roches, des poissons qu'il enfilait par les ouïes sur un arceau de bois vert. À la tombée du jour, Noah alluma un feu pour y faire griller ses prises. La chair était tendre et goûteuse, les écailles claquaient sur la braise, mais, à ce veuf-là, la nourriture la plus exquise n'aurait pas redonné l'appétit.

Alors, Noah parla. Bonté-Même, à cette époque, n'imaginait pas encore ce que pouvait être un mot. Il écouta cependant la voix paisible de son ami, dont l'étrange et rocailleuse mélodie faisait peu à peu renaître la vie en lui.

— Tu as un fils, disait la voix. Il n'a pas disparu, il n'est pas en train de pourrir dans le ventre mort de Vertu-Vertu. Tu as un fils, je le connais.

Depuis ce jour, Noah n'avait cessé de parler du

petit, et du monde prodigieux dans lequel il vivait. Quand Bonté-Même eut acquis la faculté de comprendre les mots et de parler, il se mit à poser d'inlassables questions sur son fils, auxquelles Noah répondait sans impatience. Il arrivait que l'évocation du petit Adam émût le père jusqu'aux larmes.

Bonté-Même, bientôt, s'exprima en vrai gentleman. Il en remontrait même fréquemment à son vieil ami sur le chapitre de la syntaxe ou de l'emploi du subjonctif.

L'élève, à dire vrai, faisait preuve de moins de fantaisie que le maître. Tandis que, pour le premier, le langage constituait l'instrument d'une recherche d'adéquation de l'être avec le monde, impliquant une exigence constante de rigueur et de précision, pour l'autre, il était avant tout gage de liberté, musique de rêves, jeu d'illusions, source de plaisir et de rire — dans une vie au sujet de laquelle il avait perdu une bonne part de ses antiques illusions.

Aux beaux jours, lorsque la pitance se faisait moins rare et plus paisible la vie de la tribu, Bonté-Même, bavard et pointilleux, et Noah, ironique et succinct, passaient de longues heures à deviser, déambulant d'un pas serein sous les futaies monumentales, ou assis à l'ombre de quelque fougère géante.

Les deux hommes disputaient encore sur le point de savoir si le langage parlé, dans la conjoncture préhistorique, pouvait représenter un facteur déterminant d'avancée sociale et de bien-être.

Noah, qui chaque nuit, au cours de ses rêves, s'émerveillait des progrès fulgurants du petit Adam, tenait que l'aventure valait d'être risquée. Il penchait même pour l'organisation d'une université d'été.

Bonté-Même se montrait beaucoup plus circonspect. Il n'était pas, comme Noah, en relation constante avec le monde d'Hélène et de Noé, et ne pouvait donc en mesurer la radicale supériorité. Son récent apprentissage avait bouleversé sa vie de façon si déroutante qu'il imaginait mal encore quels pourraient être les effets d'une expérience similaire sur des individus peu préparés aux raffinements de la pensée complexe.

— En quoi suis-je meilleur qu'avant ? demandait-il à Noah. Regarde-moi : ne suis-je pas le même ? Je parle, certes. Je nomme la pervenche et la foudre, l'abeille, la colline, l'inquiétude et l'espoir. Mais les mots me donnent-ils le pouvoir de dominer ma colère, font-ils cicatriser les plaies, m'empêcheront-ils de mourir de soif ou de faim ? Apprenons à parler aux gens de notre horde. Cesseront-ils pour autant de se battre ? La femme n'enviera-t-elle plus la fourrure de sa voisine, l'homme le gourdin de son ami, l'enfant le fémur avec lequel joue son camarade ? Ne peut-on craindre, en revanche, que l'usage de la parole, rendant la réalité plus riche et complexe, ne multiplie les sources de conflit ? La raison du plus fort, pour injuste qu'elle soit, a du moins le mérite de la clarté. Le chef de horde assure son autorité par l'argument simple de la massue. La horde fait valoir ses droits sur un territoire, choisi en fonction de ses besoins, à coups de sagaies et de pierres. Mais si demain l'usage du langage se répandait, chacun pourrait tenter par mille arguments subtils de modifier quelque élément de cet ordre fondamental, entraînant rapidement l'écroulement de tout le système! La force n'étant plus la référence unique, l'un fera valoir sa beauté, l'autre son habileté dans les négociations, un autre encore son art de la chasse, son talent de tailleur de silex, et il s'en trouvera bien un ou une pour inventer Dieu, entendre des voix et tenter de soumettre la horde à la puissance de son Verbe! Tout cela, bien sûr, pour qu'à la fin la force ait malgré tout le dernier mot, pour que coulent, comme devant, les larmes et le sang, mais dans la rigole des arguments... On accordera le pouvoir non pas au plus puissant, au plus courageux des guerriers, mais au plus beau parleur, lequel mènera les siens au massacre, comme tout chef se doit de le faire — non sans les avoir fait vivre dans le mensonge, non sans les avoir abreuvés de discours creux et de promesses fallacieuses, non sans leur avoir fait éprouver le mol enfer de l'irréalité... Le choix du chef ne se fera plus à l'occasion de combats singuliers ou de meurtres brutaux, mais à la suite d'interminables palabres, de parades spectaculaires. Après le règne de la brute épaisse, viendra celui de l'hypocrite séducteur, qui promettra treize aurochs à la douzaine, des framboises en hiver...

— Et de reloger les sans-caverne, acquiesçait Noah. J'ai pensé à tout cela, vois-tu. J'ai connu les mêmes frayeurs. Si j'avais pu parler, jadis, j'aurais tenu le même discours à ma défunte compagne, qui possédait le sens de l'Histoire. Je la comprends seulement aujourd'hui... Si tu voyais ce que je vois, chaque nuit, dans mes rêves... Un monde de douceur, de délicatesse et d'intelligence, d'harmonie entre les sexes... Et cet enfant qui pousse comme une fleur au milieu de tant de grâce lumineuse!

Mais l'argument ne suffisait pas à dissiper les doutes de Bonté-Même, et les deux amis repoussaient toujours la décision de faire entrer leurs congénères dans l'ère de la révolution linguistique.

15

— Non, non, ce n'est pas cela... Adam n'a pas de
problème de compréhension. Quelques difficultés en
écriture et en lecture, mais rien de préoccupant, à
son âge... Il compte très bien, par exemple. Il est
même remarquablement précoce en calcul, pour un
élève de cours préparatoire.

— Mais alors, pourquoi m'avoir demandé de
venir? Vous sembliez inquiète, au téléphone...

— Disons que votre fils... me surprend, madame.
Il n'a pas le comportement ordinaire d'un enfant de
six ans. Rassurez-vous, ses capacités psychomotrices
d'adaptation aux accidents environnementaux ne
sont pas en cause...

— Je vous demande pardon?

— Je veux dire qu'il est débrouillard. Vachement,
même.

— Ce n'est pas un motif d'inquiétude, que je
sache?

— Certes non. Si ce n'est pour ses petits camarades.

— Vous voulez dire qu'il ne s'entend pas bien avec
eux?

— En effet, c'est dans la sphère socio-affective que se situent les principales perturbations... En particulier au niveau de la relation duale, essentielle pour l'acquisition d'un système de dérivation performant des pulsions.

— Ah?

— Enfin, quoi... Il cogne. Bon sang, qu'est-ce qu'il peut cogner!

— C'est qu'il ne se rend pas compte de sa force... Je le vois bien, à la maison, avec ses jouets.. Mais tout de même, Adam n'est pas une brute! Il est très affectueux.

— Pour ça... Un peu trop, justement. Il se montre fort avancé dans ce domaine... Il a parfois des gestes, des gestes... déplacés. Ou trop bien placés. Vous voyez ce que je veux dire. Je ne travaille plus qu'en pantalons.

— Eh bien, c'est plutôt sympathique, non? Tant de petits garçons paraissent mièvres, efféminés!

— Bien sûr, bien sûr... J'aime bien travailler en jupe, aussi... Mais dites-moi, son père... Je veux dire votre mari. Si ce n'est pas trop indiscret... Ne présente-t-il pas les symptômes d'une surcharge libidinale... Enfin, vous voyez? Il pourrait s'agir d'un effet de modélisation identificatoire...

— Oh non, pas de surcharge, non. Pas vraiment de libido non plus, d'ailleurs, depuis la naissance du petit. On dirait que le... la chose l'effraie.

— Tiens, tiens. Pauvre homme. On se demande pourquoi.

— Nous parlions d'Adam, je crois.

— En effet. Autre chose, madame. C'est un détail, mais... Je veux parler de sa physionomie si, comment dire, particulière... Ne pensez-vous pas que cet enfant est excessivement poilu, par exemple ? Jusque sur le ventre, sur les phalanges, enfin... Et tous ces cheveux... Ces sourcils, ah, ces sourcils...

— Mais non. Je ne trouve pas. Du tout. Absolument non.

— Bien, bien. Mais... Accepteriez-vous de lui faire rencontrer un spécialiste ?

— Un coiffeur ?

— Non, non, je pensais à un psychologue... Ce sont les coiffeurs de l'âme, en quelque sorte...

— Là, vous plaisantez. Je sens que vous plaisantez. Je veux croire que vous plaisantez. Ou je vous mets ma main sur la figure, pauvre naine.

— Et tu ne réagis pas ? Mais c'est ton fils, tout de même !

— Mon fils, mon fils... Oui. Bon. Quand bien même. Je ne vois pas ce qu'il y a d'infamant à consulter un psychologue.

— Ah, tu ne vois pas ? Tu ne vois pas !

— C'est tout ce qu'elle a dit, cette brave institutrice ?

— Cette brave institutrice m'a également fait savoir que notre enfant n'était qu'une hideuse boule de poils, un épouvantail hirsute. Et elle a parlé de toi. Elle pense que tu es accablé d'une surcharge libidinale qui déteint sur les comportements d'Adam.

— Vraiment ? Elle exagère peut-être un peu.

— Noé, dis-moi ce que nous devons faire. Je ne sais plus où j'en suis.

— De toute façon, Hélène, dans quarante ou cinquante ans, Adam sera en âge de faire le bilan de sa vie, d'établir la part de nos responsabilités et des siennes propres. Et nous, nous serons morts, ah ah! Alors pourquoi s'en faire? Ne changeons rien.

— Parfois, je me dis que je vis avec un monstre. Embrasse-moi, au moins. Fais donner ta surcharge... Noé... C'est vrai, tu penses que nous ne devons rien changer? Tu n'as pas peur pour Adam?

— Il ne risque rien, crois-moi. Que veux-tu qu'il arrive à un enfant aussi laid?

Sous le tilleul, les filles jouent à l'élastique. Sur leurs épaules, les cheveux battent comme des ailes, au rythme des sauts. Un vol d'enfants traverse la cour en piaillant. Un garçon pleure, titubant sous le poids d'un camarade qui, grimpé sur son dos, a les dents plantées dans son épaule. D'autres jouent à la chandelle sous le préau, couvés du regard par la maîtresse. Un concours de lancer de couteaux a été organisé dans un coin ombragé. On se tape, on se pince, on se crache dessus, on s'observe, on se lèche. Certains hurlent sans savoir pourquoi, d'autres en le sachant.

Adam se trouve dans les toilettes en compagnie de la grande Mélanie, une CE 2. Il vient de mettre le doigt sur une intéressante particularité anatomique. Mélanie, les épaules appuyées contre le mur, mains croisées derrière le dos, a relevé le devant de sa jupe dont elle tient l'ourlet entre ses dents serrées. Elle a aussi le goût des expériences, mais elle garde les yeux fermés : ce garçon est décidément trop velu. Et son regard, enfoncé loin dans les orbites, ne rassure pas.

Adam se lasse vite. Il n'y a pas que la science, dans la vie. Jugeant qu'il a provisoirement fait le tour du sujet, il abandonne la prospection, rajuste son blazer bleu marine — il le conserve toujours, bien boutonné, même par forte chaleur. Adam estime que toute personne désirant inspirer la confiance se doit de soigner sa tenue vestimentaire. Or Adam souhaite inspirer confiance. Il plante là Mélanie, qui attend la suite. De la sueur perle sur ses pommettes, la salive humecte l'ourlet qu'elle tète délicieusement.

Adam saisit son attaché-case rempli de billes, et traverse la cour. Il l'appelle son porte-bonheur : une belle valise en plastique noir qu'il a échangée au début de l'année contre un gnon. Les billes, dans la valise, font un bruit qui impressionne favorablement.

Il néglige un essaim de gnomes de son âge, qui l'interpellent, et se dirige d'un pas décidé vers le groupe des cours moyens, réunis à proximité du garage à vélos.

Il dépose solennellement son porte-bonheur aux pieds des grands, fait claquer les ferrures avant de l'ouvrir. Il contient des billes de toutes sortes, dans des casiers qu'il a lui-même confectionnés, rangées par taille et par valeur — car la bourse des billes n'a pas de secret pour lui. Les calots et les demi-calots, les simples porcelaines, les pétroles aux reflets irisés, les mini-billes très recherchées, les modestes verres ou les terres plébéiennes, les agates classiques, les essences transparentes et moirées, les diamants à la blancheur nacrée, les chinoises, les pépites couvertes de paillettes, les loupes, les œils-de-bœuf, les œils-de-chat, astiquées une à une, étincellent un instant ; puis le couvercle se referme.

94

Cela sent le duel à plein nez.

Dans le clan des grands, on jauge, on évalue, on suppute. L'occasion est tentante. Il y a là quelques billes de la plus belle eau, et la lutte contre un CP — tiens, on ignorait que l'école acceptât les singes — ne devrait pas être trop rude. On vide poches et sacs, chacun confie ses munitions au champion qui s'avance en direction d'Adam.

Quand stridule la sonnerie annonçant la fin de la récréation, sombre est le champion, vides sont ses mains. Adam range sans hâte ses nouvelles acquisitions dans la valise. La prochaine récréation sera consacrée au négoce. Il ne suffit pas d'obtenir des gains : encore faut-il les faire fructifier. Il trouvera bien un CP pour lui échanger dix porces contre une pétrole; Adam prendra même le temps de le persuader qu'il a fait une affaire. Les petits n'ont pas le sens des billes, et il faut savoir préserver le fichier clientèle.

16

On ne choisit pas ses rêves. De là proviennent leur charme, leur force, et leur venin. Noah, chaque nuit, se laissait emporter vers un temps et un lieu sur lesquels sa volonté n'avait pas de prise. Ainsi recevait-il par éclats une réalité dont il n'était pas capable d'analyser tous les éléments.

L'inquiétude des adultes à propos de l'évolution du petit Adam, par exemple, le laissait perplexe. Il admirait l'aisance de ses mouvements dans un monde si compliqué, souriait lorsqu'il le voyait distribuer les horions (c'était un enfant de caractère, comparable à ceux de la tribu, sachant faire prévaloir son point de vue avec efficacité ; mais il y avait, dans la façon dont son petit poing duveteux jaillissait de la manche du blazer bleu marine pour venir s'écraser sur le nez de ses confrères, un raffinement exquis, la marque indéniable d'une civilisation de la châtaigne qui emplissaient Noah de respect : il fallait voir le petit Adam se recomposer après la bagarre, tirer sur les pans de sa veste, faire disparaître toute trace de sang avec la pochette immaculée tirée de sa poche de poitrine, et repartir d'un pas serein, main serrée sur la poignée de son porte-bonheur).

Pourquoi les adultes semblaient-ils préoccupés, insatisfaits ? L'enfant n'alliait-il pas la santé rustique du primate à une capacité d'adaptation hors du commun ?

Noah ne transmettait à Bonté-Même que des informations positives concernant son rejeton trans-temporel. Il évitait de lui faire part de ses doutes ou de ses étonnements.

— Ah, que n'ai-je, comme toi, la chance de le voir ! se désolait le père orphelin de son fils. Dis-moi, est-il fort ?

— Fort et beau. Il te ressemble. Il est bon. Il est en CM 1.

Un large sourire balayait l'expression soucieuse du visage de Bonté-Même. Le langage lui avait donné, comme il se doit, le goût des mensonges qui font plaisir.

— Est-il bon chasseur, comme moi ?

— Dans le monde où il vit, à ce qu'il paraît, chasser n'est pas nécessaire.

— On ne mange donc pas ?

La question embarrassait Noah. Il avait vu Hélène et Noé dîner dans un restaurant de luxe, et la scène l'avait fortement ébranlé. L'homme et la femme se trouvaient assis de part et d'autre d'une sorte d'autel sur lequel rutilaient un grand nombre d'objets, éclairés par la douce lueur de minces torches blanches. La nature et le but du cérémonial restèrent longtemps énigmatiques, même lorsque Noé se mit d'une voix suave à lire le menu. Noah gardait en mémoire, à quelques détails près, l'incompréhensible litanie ; mais pouvait-il aujourd'hui répondre à la question de son ami par ces mots : petit soufflé d'écrevisses aux airelles, mille-feuille de turbot sur sa chiffonnade d'oseille, aiguillettes de mammouth (de mammouth?) à la périgourdine, nougat glacé d'avelines aux dix-huit chocolats, chablis, meursault, côte-rôtie, maury? Certes non. Il risquait de semer la confusion dans cet esprit encore imparfaitement dégrossi, d'autant que la suite des événements était difficile à raconter. Un homme vêtu de noir apportait régulièrement leur pitance aux convives sur de fins plateaux de pierre blanche, arborant une expression de profond et silencieux dégoût. Hélène et Noé, extasiés, humaient puis dévoraient ce qui ressemblait en général à de petits excréments d'animaux malades, baignant dans des humeurs de coloration variée.

— Ils mangent, ils mangent, rassure-toi. Mais je crois que le gibier manque ; ils se nourrissent comme ils peuvent.

Inquiet de ne pouvoir se faire une idée précise sur l'étrange univers où vivait son fils, Bonté-Même attendait chaque matin le réveil de son compagnon, et le pressait de questions dès qu'il ouvrait un œil. C'était l'unique moment où la vie de couple pesait à Noah, qui avait le réveil mauvais. À l'intérieur de la caverne ou de la hutte de branchages où ils cohabitaient, Bonté-Même, assis au chevet du rêveur qui s'agitait et grinçait des dents, guettait, dans la lueur naissante de l'aube, les premiers signes de retour à la vie.

— Tu l'as vu? L'as-tu vu? Le vis-tu?

— Pas rêvé, grommelait Noah en se tournant vers la paroi.

Mais un peu plus tard, amadoué par l'offrande d'une poignée de baies juteuses ou de quelques larves blanches et grasses, le vieillard acceptait enfin de passer au rapport.

— Je l'ai vu. Il était dans une grande pièce...

Et ici, Noah devait s'interrompre pour définir le mot pièce. Ses récits s'alourdissaient de longues digressions destinées à enrichir le vocabulaire de Bonté-Même. Cela ne se faisait pas sans difficultés, approximations et circonlocutions, car allez donc expliquer le mot immeuble à quelqu'un qui ne connaît pas le béton précontraint.

— Une très grande pièce, très claire, pleine d'enfants assis. Une femme à peau rose, en blouse (Blouse [bluz] *n.f.* : Vêtement de travail (Travail [travaj] *n.m.* : État d'une personne qui souffre, qui est tourmentée) que l'on met par-dessus les autres pour les protéger) et pantalon (Pantalon [pãtalõ] *n.m.* : Culotte longue descendant jusqu'aux pieds), leur parlait. Chose curieuse, les enfants ne hurlaient pas, ne couraient pas dans tous les sens, ne s'arrachaient pas les cheveux — et pourtant ils ne dormaient pas. Cette femme était sans doute douée d'un pouvoir surnaturel.

« Comment te raconter ce qui s'est passé ensuite ?

La maîtresse arpente l'allée centrale, entre les rangées de pupitres. Elle dicte le texte d'un exercice, que les élèves tentent de reproduire sur leurs cahiers, tête penchée à quarante-cinq degrés ; un bout de langue congestionnée dépasse de leurs lèvres.

— Amadou va au marché, proclame l'institutrice.

Sa voix évoque le cri de la musaraigne.

— Il veut acheter de la salade.

Adam, qui n'écrit pas, ricane :

— De la salade, hin hin.

— Un marchand propose à Amadou 3 salades pour le prix de 2. Adam, tu es prié de noter.

— De la salade, merci bien, marmonne Adam.

— Un autre marchand lui propose 5 salades pour le prix de 3.

— J'espère que c'est de la frisée, susurre Adam en posant un baiser mouillé sur le cou de la voisine de devant, laquelle pousse un cri d'horreur.

— Sachant qu'Amadou a besoin de 7 salades et que 1 salade vaut 5,50 F, que doit faire Amadou ?

La maîtresse est très fière de son exercice. Elle l'a inventé toute seule. Elle regagne l'estrade en faisant un crochet pour éviter, au passage, la main d'Adam.

— Je vous donne cinq minutes, ultrasonne la musaraigne.

— Tu parles d'un cadeau, grince quelqu'un.

Quelques minutes plus tard, la maîtresse s'apprête à conclure la geste d'Amadou en proclamant le résultat. Les enfants, avides de savoir, ouvrent la bouche dans l'attente de la becquée. L'enseignante, émue, savoure le silence qui prélude au combat incertain et glorieux : chaque jour, à plusieurs reprises, elle affronte l'hydre à trente-cinq têtes de l'ignorance. Trente-quatre têtes plus une, en vérité — car une parcelle du corps enseigné se montre rétive, peu malléable, imprévisible. Une tête dure, dans laquelle peine à s'introduire le ferment de la connaissance officielle. L'enfant, pourtant, n'est pas stupide ; mais une rage glaciale semble l'animer, et le pousser à s'arracher de force à quelque gangue primitive. Ainsi, le combat contre l'hydre se double, chaque jour, d'un duel singulier dont elle n'est jamais sûre de sortir victorieuse, malgré les renforts conjugués de Jules Ferry et Françoise Dolto.

— Eh bien, que va faire notre Amadou?

Trente-quatre réponses fusent, inexactes, délicieuses. Les passions saladières sont à leur comble. L'institutrice distribue sourires, blâmes, grimaces. Adam ne dit rien. Il a sorti sa calculette, et affiche une mine dubitative en se grattant le front.

Elle a délibérément choisi un exercice trop difficile : l'apprentissage commence par la prise de conscience par chacun de ses propres insuffisances — salubre sentiment d'effroi, que compensera aussitôt le réconfort d'une main tendue par l'école de la République. Il faut que les chers enfants comprennent qu'elle, et elle seule, peut les sortir de la boue de leur ignorance, au prix de longs et pénibles efforts. Ah, comme elle savoure, la maîtresse, le mélange de crainte et d'admiration qu'elle peut lire dans ces trente-cinq regards! Enfin, trente-quatre!

— Notre Amadou a bien du souci, reprend la musaraigne laïque, gratuite et obligatoire. Et je vois que vous ne pouvez pas l'aider. Non, vous ne pouvez pas. Je suis très déçue.

— C'est quoi, cet Amadou, s'enquiert Adam, qui a terminé ses calculs. Un lapin?

— Amadou est un petit garçon. Tu le connais, tu l'as déjà vu dans ton livre d'arithmétique. Il est noir. Il ne faut pas se moquer des Noirs. Ils sont très gentils.

— En tout cas, ils ne devraient pas manger autant de salade. Surtout à ce prix-là.

— Eh bien, voilà un sage conseil, Adam. Mais

101

admettons que notre Amadou veuille tout de même acheter sept salades. Que pourrais-tu lui suggérer?

L'institutrice arbore un sourire douloureux et patient. En ce moment, elle éprouve beaucoup de respect pour elle-même. Elle a lu tout le *Séminaire*, et sait qu'aimer, c'est donner quelque chose qu'on ne comprend pas à quelqu'un qui n'en veut pas.

— Il faut racheter le stock, dit Adam.

— Oui? s'étonne la sainte femme, comme si elle souhaitait vraiment qu'il continue.

Une rumeur parcourt la classe. Belle novillada en perspective.

— C'est évident. J'ai tout calculé. Combien de salades par étal? 50? 60? Disons 60. Soit 330 F au prix normal. D'après l'énoncé, le premier marchand me fait une réduction de 33 %. Je le fais monter à 45 %. Il est trop content de se débarrasser de ses laitues, vous pouvez me croire. Ce qui nous mène à 181,50 F.

— Oui? murmure la maîtresse.

— Le deuxième marchand est plus dur en affaires. Je me fais donc un devoir d'obtenir 50 %. Au total, 120 salades pour 346,50 F, ce qui nous met la salade à 2,90 F. Vous me suivez?

— Et... Peux-tu nous dire ce que tu vas faire de ces 120 salades, Adam? demande la maîtresse (elle parle maintenant en aspirant, signe d'une intense émotion pédagogique).

— Je les vends à des Noirs, tiens. Ils adorent la salade. Ils sont gentils, les Noirs.

Un clin d'œil est parti du fond des orbites, sous la casquette sourcilière. Le sourire de l'institutrice ressemble à celui de sainte Blandine voyant les lions entrer dans le cirque en se léchant les babines.

— Je plaisantais. En fait, je m'installe à l'entrée du marché. Pas de problème pour la patente, je me charge des contrôleurs. Et je revends mes salades 10 F pièce.

— 10 F! (Cri de la musaraigne, soutenue par trente-quatre choristes.)

— 10 F. C'est une opération humanitaire : « Une salade pour l'Afrique. » 3 F pour la salade, 7 F pour développer la culture maraîchère dans les villages d'Afrique noire. Faites-moi confiance, le stock disparaît en une heure. Bénéfice net : 853,50 F.

Dans le silence sépulcral, on entend le couvercle de la calculette se refermer avec un claquement sec.

La maîtresse est en état de très légère lévitation.

— Tu ferais vraiment cela pour le tiers-monde? murmure-t-elle. Tu donnerais tout cet argent?

Elle a rosi, ses yeux sont humides.

— Pour le tiers-monde. Ben tiens, répond Adam.

17

Les saisons passaient. La controverse sur la nécessité d'initier la horde aux ruses du langage n'avait pas, pour l'instant, débouché sur une décision claire.

« Il faut laisser du temps au temps », affirmait parfois Bonté-Même pour mettre un terme aux discussions. Noah, qui estimait que le temps avait bien assez de temps comme ça, haussait alors les épaules, et s'en allait vaquer à quelque occupation solitaire.

Il s'était remis à peindre. Chaque fois que la horde s'installait durablement dans un site, il prospectait les environs afin de trouver une grotte retirée, difficile d'accès, où il pourrait s'adonner à son art loin des regards.

La horde, à son insu, avait laissé des traces de son passage dans diverses salles obscures, que personne, sans doute, ne retrouverait jamais.

Après sa première et malheureuse expérience, Noah ne tenta plus de reproduire une figure de femme à peau lisse et à longs cheveux blonds : il opta résolument pour le réalisme cynégétique.

Bien que rien d'humain ne lui fût étranger, il ne se sentait plus la force ni le désir de représenter ses congénères tels qu'il les voyait : apeurés, voués faute de mémoire à la répétition des mêmes erreurs, des mêmes échecs, privés de cette légèreté gracieuse que donne aux bêtes l'ignorance de leur nature mortelle. Si, plus tard, quelqu'un lui demandait de résumer en un mot ce qu'étaient les gens de son ère, il répondrait : ils étaient lourds. Les aimer, et sentir qu'il leur ressemblait tellement, lui était une contrariété de chaque instant.

Vivre une existence retirée, se réfugier dans un scepticisme narquois ne suffisaient pas à l'affranchir de la pesanteur des hommes. Il était avec eux, non seulement dans la souffrance ou dans la joie, mais aussi dans la bêtise, la lâcheté, la haine.

Comme il ne pouvait pas davantage s'abriter dans la figuration des êtres d'exception que ses rêves lui permettaient de fréquenter (quelques doutes, cependant, commençaient à voir le jour en lui, concernant leur caractère avantageux), il tentait de se consoler en représentant un bestiaire familier et tonique : sous ses doigts, rhinocéros, panthères, aurochs, saïgas, onagres, mouflons, chevaux, urus, sangliers, élaphes, bœufs musqués, ours et loups se mettaient à courir, à s'affronter, à sauter en une danse que des millénaires ne parviendraient pas à voiler de calcite.

S'il lui arrivait d'imprimer sur la paroi une main tracée en plein ou en négatif, c'était moins par désir de signer une œuvre achevée (en ces temps reculés, toute vanité d'auteur était inconcevable) que pour tenter de faire apparaître une preuve tangible de sa propre existence.

Bonté-Même était parfois autorisé à assister, en silence, à ces longues séances de création dans l'obscurité des vastes salles souterraines. Regardant son ami s'agiter dans la lueur vacillante des torches ou des lampes en grès remplies de suif, il cherchait, sans y parvenir, à comprendre la nécessité d'une telle dépense d'énergie. Noah lui-même eût été en peine de lui fournir une explication. Peut-être, malgré tout, pensait-il sans se l'avouer à la postérité en général, à Hélène, Adam et Noé en particulier, qui un jour auraient vent, par un miracle inimaginable pour lui, des témoignages abandonnés sur la pierre humide des grottes.

18

Dans son rêve, Noah marche à côté d'eux. Ils ne le voient pas, et poursuivent leur promenade sans se soucier du monde.

Ils marchent, Adam et Noé, dans le pétillement d'un automne harnaché de soleil.

C'est un jardin public aux allées sinueuses. Noah, émerveillé, tout en boitillant aux côtés de l'adolescent et de son père, contemple cet univers paisible et riant, où la nature semble avoir renoncé à sa guerre contre l'homme, où l'homme s'est résolu à vivre en harmonie avec son prochain et avec lui-même. Ici chaque être vivant contribue à la paix cosmique, cela se sent, Noah veut y croire.

L'herbe rase verdoie, les feuilles rougeoient; dans les mares, quelques gros poissons avalent les petits; les plus désespérés se gavent de pain rassis; une escadrille d'étourneaux pourchassent un pic-vert; dans l'herbe les insectes s'entre-dévorent; sous terre les taupes se délectent de lombrics longs comme des spaghettis; plus loin, des souris font un festin de blé empoisonné; un enfant arrache avec délicatesse les élytres d'un scarabée dans la fleur de l'âge; le brave homme qui passe avec un sourire est en train d'imaginer cent façons d'anéantir sa voisine; il en est déjà à quatre-vingt-huit; tout à sa verve créatrice, il ne prête pas attention à la légère douleur du côté droit de son ventre, indiquant qu'un cancer a déjà rongé plus de la moitié de son foie; le soleil brille; l'air est frais.

Adam, main gauche serrée sur la poignée de son porte-bonheur, s'absorbe dans des pensées qui ne concernent pas l'harmonie du monde. De temps à autre il compte sur ses doigts, se gratte le front, pince un lobe de son oreille légèrement pelucheuse en fermant un œil et en étirant sa bouche sur un côté en un rictus perplexe.

Noé observe son fils à la dérobée, et se demande, décidément, à qui il peut bien ressembler. Sans parler de son aspect physique, tellement, comment dire, particulier, il trouve quelque chose d'inquiétant dans son excessive taciturnité (l'ordinateur dont il abuse n'incite certes pas aux échanges; Noé regrette de le lui avoir offert), dans sa façon de se vêtir toujours à l'identique malgré les supplications de sa mère — blazer bleu, pantalon gris, loden en hiver, et désormais cette limace revêche et noire qui lui serre le gosier.

À quatorze ans, il se rase déjà tous les jours, et des poils rebelles hérissent le col de sa chemise. Et puis, cette carrure obtuse, le tangage de la démarche, l'absence de nombril...

Sa chambre, aussi... À l'image de son cerveau, sans doute, dépourvu de replis et de bourrelets, lisse et froid comme un circuit imprimé... Elle ressemble, sa chambre, à un bloc opératoire. Pas de posters de

Madonna, et encore moins d'Ernesto Guevara, pas de chaussettes sales, pas de disques en vadrouille, de revues ni de bandes dessinées. Livres parfaitement rangés sur les étagères — ce sont des manuels d'économie et des dictionnaires —, pile impeccable de journaux — son cadeau d'anniversaire : un abonnement à la *Tribune-Desfossés*, qu'il a préféré à un vélo tout-terrain.

Seule concession à la fantaisie illustrée, une affiche sous verre, offerte par Noé quelques années plus tôt, représente les différents stades de l'évolution de l'homme, depuis le singe et le pithécanthrope au bras traînant par terre, jusqu'au spécimen glabre et body-buildé de l'homo erectus moderne, marchant d'un pas décidé à la rencontre de l'apocalypse écologique.

Dessinée à la main par Adam, une flèche désigne un point situé plus loin encore à droite sur l'abscisse de l'évolution, avec ces trois lettres parfaitement calligraphiées : MOI, témoignant de la calme ambition du bambin.

Ce dimanche matin, Noé a décidé de connaître son fils.

Il ne sait rien de lui, ou si peu. L'adolescent est toujours absorbé dans des projets ou des réminiscences dont il ne livre rien. Même à Hélène il parle peu, bien qu'elle ait mis sur pied une stratégie de communication sophistiquée.

Lui-même, Noé, est trop souvent absent : il court les chantiers de fouilles en semaine, explore pendant le week-end des boyaux inédits en Dordogne ou en Ardèche. Pendant ce temps, Adam mène sa petite vie rétive et indiscernable, à l'abri de la fatigante empathie des adultes.

Qui sait quels trésors de tendresse inexprimée cachent ce front bas, ce menton fuyant, ce crâne... disons le mot, oblong, quelles peurs sans aveu? L'apparente froideur du garçon n'est-elle pas le masque d'une pudeur à vif? Et la brutalité physique dont il ferait trop souvent preuve, au dire de certains camarades et professeurs, ne traduit-elle pas un simple manque de tact, une sensibilité qui se cherche, la difficulté d'exprimer les états d'âme tourmentés de l'adolescence?

Une oreille avertie pourrait entendre résonner dans le silence du parc les modulations de la fibre paternelle longuement pincée. Noah n'a pas l'ouïe assez fine. Il se contente de savourer l'effusion des couleurs prodiguées par l'automne : une joie finissante, apaisée, qui s'apprête à trouver le sommeil.

Il observe aussi le jeune garçon, et tente de retrouver dans ses traits un indice, une trace, un souvenir de ses parents véritables. Il se retourne, et les voit marcher en se dandinant, main dans la main, sur le gravillon ratissé de l'allée, avec leurs pagnes de fourrure effrangés, leurs poils et leurs cheveux rêches. Bonté-Même et Vertu-Vertu se tiennent à distance, intimidés par la sage splendeur du parc, les yeux fixés sur la silhouette de leur rejeton — invisibles pour les promeneurs qui flânent à petits pas; seul un chien, intrigué, est venu renifler leurs mollets. Puis ils disparaissent.

J'ai dû rêver, se dit Noah.

— Adam?
— ...

— Enlève ces écouteurs, veux-tu ? Adam, tu m'entends ?

— Plaît-il ?

— Tu vas te saccager les tympans, avec ça. Il y a d'autres façons d'écouter la musique, tout de même.

— Je n'écoute pas de musique, papa. C'est l'heure des cours de la Bourse, à la radio. Le Nikkei a encore baissé.

— Ah, misère. Et le CAC 40 ? En forme, le CAC 40 ?

— Moins 2,7 aujourd'hui. Ça nous le dégringole à 1 595,24. Bonjour la forme.

Autrefois, songe Noé, un simple brave fossé séparait les générations. Il suffisait souvent, pour le franchir, d'un peu de bonne volonté. Aujourd'hui, entre nous, il y a un cyberespace sillonné par des autoroutes d'informations virtuelles, et je ne sais pas trouver le péage, ni avec quoi payer.

Ils sont maintenant accoudés sur un pont de bois, au-dessus d'une mare où des carpes tristes cherchent un sens à leur vie.

— Quand j'avais ton âge, le dimanche, j'allais à la pêche avec mon père, dans le canal. Il appâtait avec du crottin de cheval mélangé à de la terre. Les choses simples, la vie simple... La vie, quoi.

Adam soupire en levant les yeux au ciel.

— Pourquoi ne veux-tu pas venir avec moi, un week-end, faire un peu de spéléo ? Partir au petit matin, sentir les odeurs de l'herbe, de la campagne, de la terre...

— Je crois que je me sentirais trop bien dans les grottes. J'ai peur de ne plus avoir envie d'en sortir, dit Adam.

(N'a-t-il pas ricané ?)

— Votre génération a perdu tout contact avec la nature. Savez-vous encore faire la différence entre une vache et un poisson ? Savez-vous si c'est la poule qui fait l'œuf, ou l'inverse ?

— La poule, c'est le hardware, l'œuf le software, non ?

— Tu peux rire. N'empêche, il y a un problème, là.

— Mais non. Je me sens très en phase avec la nature, tu sais.

Ce disant, Adam attrape une mouche au vol et la gobe en un éclair. Noé, qui n'a rien vu, poursuit son idée.

— Imagine la vie dans les grands espaces vierges... Une existence soumise aux lois des saisons, aux aléas de la chasse et de la pêche...

— Et de la cueillette. Tu oublies la cueillette.

— Une vie saine et rude, une vie sans compromis, sans faux-semblants, dans le grand souffle de la nature... Les forêts inexplorées, livrées aux bêtes énormes et farouches...

— Aux microbes, aux moisissures, aux araignées...

— Pour l'homme seul, pas de répit : sans cesse contraint de prendre sa propre mesure, et de se dépasser...

— Sans parler de la mesure du voisin...

— Une lutte de chaque instant pour le progrès, pour avancer vers plus de beauté, plus de paix, plus d'humanité...

— Trois millions d'années de surplace, ça fait les jambes...

Noé, qui n'a pas entendu les répliques marmonnées par son fils, s'abîme dans une rêverie silencieuse. Ah, la nature, la nature !

Noah, lui, se perd en conjectures. Il n'apprécie qu'à moitié l'insolence du garçon, mais trouve peu raisonnables, voire incompréhensibles, les positions du père. En voilà un qui n'a jamais eu à discuter avec un rhinocéros lancé au galop, ou à creuser la neige pour trouver un morceau de lichen à sucer. Exalter les vertus d'une nature sauvage, féroce, alors qu'on vit dans un éden de bienveillance et d'harmonie !

— Depuis plusieurs décennies, reprend Noé, nous nous détachons du monde. Nous ne le comprenons plus. Quelque chose s'est détraqué... Au point qu'il faut se demander si aujourd'hui les plantes, les oiseaux, les poissons ne sont pas plus sages que nous, et si nous ne devrions pas prendre exemple sur les rapports qu'ils entretiennent avec l'univers... Adam, je t'ai déjà demandé d'enlever ces écouteurs... Tu as entendu ce que je viens de dire ?

— Oui, oui. La nature, les poissons. Tiens, regarde-les.

Adam désigne la mare, en contrebas, agitée de remous paresseux.

Soudain il pose son porte-bonheur, enjambe le parapet de bois, saute sur la berge moussue.

— Adam, tu es devenu fou ? s'informe Noé.

Mais Adam ne l'écoute pas. Il se penche au-dessus de l'eau verte où se balance une flottille de feuilles mortes, et se tient bras et jambes écartés, à l'affût, comme prêt à bondir — Noé perçoit alors ce qu'il y a en son fils d'animal, d'instinctif, de... oui, de primitif. Adam est immobile, il fixe l'eau verte et opaque, il guette, retrouvant la posture de Bonté-Même au bord des torrents ; sa main s'abat à la vitesse de la foudre, faisant jaillir une gerbe de perles, et remonte à la surface en tenant par les ouïes une carpe bouffie. La bestiole, par pure politesse, donne un ou deux coups de queue.

— Ta nature, papa! Regarde comme elle est sage! dit Adam avec un sourire qui effraie.

Le poisson a l'aspect d'une serpillière qui aurait longuement mariné dans quelque bassine d'eau grasse. Adam le rejette dans la mare, à la surface de laquelle il flotte un moment, indécis, avant de se résigner à revivre.

Le garçon rejoint son père en rajustant ses vêtements et en s'essuyant les mains avec la pochette du blazer.

— Tu vois ce qu'elle devient, ta nature, quand les hommes s'occupent d'elle?

— Elle était belle, cette carpe, on aurait dit une sultane...

— Et puis tu ne peux pas à la fois vanter les vertus du progrès et regretter le bon temps d'autrefois. Le temps ne change rien, papa, rien d'essentiel. Le progrès n'est ni bon ni mauvais. On n'est pas forcé de choisir entre les pleurnicheries passéistes et le consternant lyrisme de la modernité. Je ne choisirai pas. Je me fous du progrès, du passé, du futur. Je vis avec le monde, et je suis prêt à tout. La sagesse des carpes, tu vois, très peu pour moi. J'ai mieux à faire.

— Mieux à faire, sourit le père, attendri. Je suis curieux de savoir ce qu'il y a de mieux à faire que de se laisser porter par l'eau en rêvant. Éclaire-moi, du haut de tes quatorze ans.

— Un simple calcul, papa. Combien de temps te reste-t-il à vivre? J'imagine qu'ayant la sagesse des carpes, tu ne te poses pas ce genre de questions, par principe. Ce n'est pas grave, je vais calculer à ta place. Disons qu'il te reste quarante ans. Au mieux. Et que vas-tu en faire? Très simple : les vingt prochaines années seront strictement identiques aux vingt que tu viens de laisser filer, et les vingt dernières seront la réplique de tes vingt premières, à reculons et le plaisir de la découverte en moins. D'accord? Bien. Pas besoin d'être prix Nobel pour observer que la somme de tout cela approche de zéro, par en dessous.

— Il n'y a pas de prix Nobel de mathématiques, remarque Noé, pas mécontent d'avoir trouvé une réplique. D'autre part, n'oublie pas que tu parles à ton père. Tout ce que tu dis pourra être retenu contre toi. Je plaisante.

Adam, impassible, remet ses écouteurs. Son père les lui enlève :

— Dis-moi plutôt ce que tu comptes faire, toi, de ce capital-temps que ton père dilapide.

— Certainement pas gratter des morceaux de crâne ou reconstituer des balais de chiottes néandertaliens. Ni peindre des tableaux qui ne représentent rien, comme maman.

— Tu pourrais peindre des balais de chiottes. Ça devrait rapporter.

— Possible. L'important, c'est de savoir saisir l'occasion. J'ai lu quelque part que la chance est chauve sur le derrière du crâne. Si tu ne l'attrapes pas par les cheveux tant qu'elle est face à toi, elle te tourne le dos et il est trop tard.

— Comme c'est bien, comme c'est positif, répond le père, qui commence à avoir chaud aux oreilles. Tu es un vrai battant, dis-moi.

Ils ont repris leur promenade le long des sages allées. Noah, tout en suivant leur conversation, fait des roulades dans le gazon vert pomme.

— Ce qui empêche la plupart des gens de se réaliser...

— Se *réaliser*?

— ... c'est l'hypocrisie de leurs scrupules. Tout fiers, ils se regardent ne pas agir, en feignant de prendre pour du sens moral ce qui n'est que de la faiblesse.

— Je trouve ton vocabulaire peu vraisemblable, Adam. N'oublie pas que tu n'as que quatorze ans.

— Mais je suis affreusement précoce, papa. Suis plutôt mon raisonnement. Je gagnerai de l'argent, parce que c'est ainsi que les hommes existent, de nos jours.

— Ce n'est pas avec de l'argent que tu rendras le monde plus beau et plus juste, hasarde Noé.

— Le monde n'est *pas* juste, papa. Ne l'a jamais été, ne le sera jamais, la question n'est pas là et laisse-moi continuer. Autrefois, on pouvait troquer son savoir-faire contre des marchandises, par exemple. Je construis ta maison ou ta hutte, tu me fournis en viande et en miel. On pouvait échanger son temps contre de la sécurité...

— ... ses enfants contre de la tranquillité...

— Tu vois que tu peux comprendre. Eh bien, rien n'a vraiment changé. C'est à peine plus compliqué : il suffit de convertir en monnaie. Et *tout* ayant une valeur, il faut donc *tout* convertir. Je te le dis gentiment : tes petites trouvailles, tes potiches, tes molaires, tes haches sans manche et tes peignes sans dents n'existent pas.

116

— Ah ? Zut.

— Ils n'existeront pas tant que tu refuseras de leur accorder une valeur. Tu trouves ça vulgaire, j'imagine. Ou tu crains d'apprendre la valeur réelle de ce à quoi tu as consacré ta vie.

— Si je devais subsister de la vente des silex taillés, en effet...

— Eh bien, tu pourrais. Simplement, tu n'y crois pas. Ces objets, dans le fond, tu les méprises, puisque tu ne leur donnes pas de prix. Or tout peut se vendre. Non seulement tout peut se vendre, mais tout peut devenir rentable. J'y ai réfléchi, crois-moi. Il suffit de vouloir. Mais toi, tu n'es plus capable de vouloir. Trop compliqué. Trop fatigant.

— J'ai l'impression d'entendre le révérend père Bernard. Le pauvre homme souffrait de constipation, et il traversait tous les matins la cour du collège pour se diriger vers l'édicule, en psalmodiant : « Quand on veut, on peut. » Ainsi, tout peut devenir rentable, vraiment ? Comme c'est intéressant.

— Tu veux une preuve ?

— Surtout pas, mon fils. J'ai trop peur que tu n'aies raison.

— Mais si. Je sens que tu as besoin de travaux pratiques. Je te donnerai des preuves. Je t'obligerai à les voir. Celle qui vient et bien d'autres. Considère notre promenade, par exemple. Tu as l'impression qu'elle n'a pas de valeur particulière, pas vrai ?

— Oh, que si. Elle est pleine d'enseignements. Mais je n'ai pas eu le temps de les chiffrer, c'est exact.

— Rien de plus facile.

Rien de plus facile, en effet, que de s'emparer d'une

poubelle vide, de la renverser et de grimper dessus pour haranguer la foule des promeneurs dominicaux. Rien de plus facile que de harponner ceux qui tentent de fuir, à l'aide de promesses tordues comme des hameçons. Noah et Noé, bouche bée, observent les badauds aimantés qui convergent vers eux : hommes et femmes, enfants et vieillards, caniches et lévriers, et même un rat blanc juché sur l'épaule d'une jeune fille aux cheveux verts, aux joues percées d'anneaux.

Écoutez, exige la voix d'Adam, et l'on s'approche.

Approchez, demande la voix, et on l'écoute.

Noé regarde son fils. Par quel miracle de la génétique une telle carrosserie d'anthropopithèque peut-elle abriter un esprit de ce modèle ? C'est une brouette sur laquelle on aurait installé un moteur de douze cylindres.

Et que leur promet-il, l'enfant sans menton, sans nombril, sans scrupules ?

Une épiphanie de mots papillonne au-dessus des têtes. Noé entend : *préhistoire, grand scientifique, conférence, révélations, découvertes, cinquante francs, incroyable épopée des rhinocéros laineux, sous le kiosque, cavernes, dans cinq minutes, inoubliable,* et le doigt de son fils le désigne à la curiosité du peuple.

Bientôt, la troupe se met en marche sous la houlette du jeune bonimenteur. On s'installe dans le kiosque ; les chaises en demi-cercle ont été laissées en place par les musiciens. On s'assoit, vieux et jeunes, hommes et femmes, punks et rats.

Noé s'est laissé traîner par le bras jusqu'à la place du chef. Le début de la conférence est hésitant, chaotique. Noé n'a pas l'habitude de parler en public.

118

Mais Adam joue Monsieur Loyal; il pose les questions stupides qui amusent le public et permettent à son père de sortir du demi-coma où l'a plongé la surprise.

Noé, maintenant, tout en se maudissant de se prendre ainsi au jeu, réplique du tac au tac aux plaisanteries de son fils, et enchaîne avec de longues explications sur les habitudes alimentaires de Cro-Magnon ou les sortilèges du carbone 14.

Pendant qu'il parle, il voit son fils passer entre les rangées de chaises et encaisser le droit d'entrée.

Quelques instants plus tard, les musiciens arrivent, et s'étonnent de voir leur place prise. Adam se fend d'une explication suffisamment persuasive pour que l'orphéon au complet entonne *Sambre et Meuse*, non sans s'être acquitté au préalable de la redevance (tarif de groupe).

Noah n'en croit ni ses yeux, ni ses oreilles. Il a hâte de se réveiller. Pour la première fois, en observant Adam, il se demande s'il a bien fait de l'envoyer en promenade dans l'espace-temps. Quant au père, il raconte n'importe quoi sur la vie préhistorique avec un air de ravissement tout à fait convaincant. Noah comprend soudain, avec un soupçon de dépit, que la paléontologie n'est pas une science exacte.

Il voudrait rentrer chez lui, maintenant, et regrette seulement de ne pouvoir emporter l'hélicon pour le montrer à Bonté-Même.

Le conférencier, épuisé, termine son allocution sous les vivats. Chacun se sent ému, plus proche, soudain, de ses ancêtres. Ah, lutter d'égal à égal avec le puissant aurochs! Traverser des forêts géantes parmi les rires des singes! Et connaître l'amour sauvage, le rut sans manières, être soi, être vrai! Ne faire la guerre que par nécessité, et sans exagérer! Comme l'homme était différent, alors... Et la femme, donc... Comme nos vies paraissent mesquines, étriquées, entravées, fragiles... Et comme il raconte bien, ce savant! Le jeune homme aussi — est-ce son fils? — a un tel talent pour captiver l'auditoire, malgré sa... enfin ses... son physique... particulier, quoi... (Quel charmant garçon, se dit la punkette rêveuse.) Et ce n'était vraiment pas cher!

L'orchestre entonne la *Marche turque*, et raccompagne les deux artistes jusqu'à la grille du jardin.

En marchant, Adam compte pièces et billets.

— Alors, combien? (Noé a l'impression d'avoir attaqué le train postal, en éprouve quelque honte et quelque fierté, mais se dit qu'après tout, chaque peine mérite salaire.)

— Chcht. Attends. 1 400. 1 500. 1 600. 1 650. Voilà. 1 650 F. C'est ce que valait notre promenade.

— Bravo pour la démonstration. Eh bien, faisons moitié-moitié. Tu l'as bien mérité, accorde le père, généreux.

Adam ne répond pas, sort sa calculette.

— 55 % pour l'idée originale. 10 pour la mise en œuvre. 5 pour l'animation. 10 pour la logistique et la surveillance. 8 pour la publicité. Restent 12 % de droits d'auteur pour ta conférence.

— *12?*

— Oui, je sais, cela peut paraître disproportionné, alors que je ne touche que 5 % pour l'animation. Note toutefois qu'il faut encore déduire 3 % de frais de comptabilité. Tous ces calculs prennent un temps fou. Je te dois donc 12 – 3, 9, soit... 148,50 F. Tiens. Vérifie que le compte y est.

— Inutile, je te fais confiance. Merci, mon fils. Vraiment, merci.

— Ne me remercie pas. C'est ton dû.

— Je voulais dire : merci pour la leçon...

Adam s'arrête et regarde son père d'un air navré.

— Mon pauvre papa... Avec toi, les leçons ne servent à rien. Je vois bien que tu ne me crois pas. Tu penses que j'ai tort... Mais je te donnerai d'autres preuves, je te le jure. Je te les ferai avaler, bon gré mal gré... Allons manger, maintenant. J'ai faim.

Noé hâte le pas. Il a envie d'embrasser Hélène.

C'est une odeur familière qui réveille Noah; un fumet de viande grillée.

Encore du ptérodactyle.

La journée s'annonce mal. Il faudra, de surcroît, donner à Bonté-Même des nouvelles de son fils.

19

Hardi-le-Laid était un colosse intrépide et facétieux, parvenu au faîte du pouvoir tant grâce à sa vigueur de tricératops qu'au talent dont il faisait preuve pour mettre toujours les rieurs de son côté. Son accession au commandement suprême s'effectua rapidement : au cours d'une série de duels expéditifs, il élimina les prétendants au trône, laissé vacant par un chef mort dans un accident de panthère. L'ultime combat l'opposait à un guerrier non moins laid et non moins hardi que lui, mais d'une puissance inférieure : seule une dévorante ambition lui avait permis de parvenir à ce stade de la compétition.

En pénétrant dans le cercle formé par la troupe de ses électeurs, Hardi-le-Laid fit mine de ne pas voir son adversaire, ce qui déclencha la fureur de ce dernier et les premiers rires de l'assistance. Puis, il tourna ostensiblement le dos à l'autre candidat ; il releva son pagne en peau d'urus, découvrant deux fesses mirifiques, hérissées de poils comme des bogues de châtaignes. Décontenancé, l'adversaire se laissa ensuite déraciner tel un arbuste, dont Hardi-le-

Laid, après avoir élagué le tronc de tout ce qui en dépassait, jeta sur la foule hilare les surgeons sanguinolents, avant d'uriner sur les reliquats du vaincu en levant la patte comme le font les hyènes.

Il s'acquit ainsi une image de joyeux drille, car ce type d'humour un peu rudimentaire (et discutable, bien que difficile à discuter) avait alors les faveurs du peuple.

L'occasion d'enseigner à la horde les premiers rudiments du langage fut offerte à Noah et à Bonté-Même lors d'un incident qui opposa Hardi-le-Laid à l'une de ses congénères.

Un jour, comme le chef revenait de la chasse avec deux antilopes sur chaque épaule, quelques hommes et femmes accoururent pour le soulager de son fardeau. On s'empressa autour du gibier.

L'équarrissage allait bon train. Palavas-les-Flots, la femme la plus coquette et la plus convoitée de la tribu depuis qu'Empire-des-Sens était partie vivre sa vie avec un gibbon priapique, se taillait, à l'aide d'un menu silex, un pagne court pour l'été dans le ventre d'une des bêtes. Très habile de ses neuf doigts (son père lui en avait sectionné un d'un coup de dents, lorsqu'elle était enfant), elle n'avait pas son pareil pour accommoder les peaux : elle les raclait longuement avec un coquillage, puis les laissait tremper durant des semaines avec des écorces soigneusement choisies, les rinçait dans l'eau vive d'un torrent, les séchait, les polissait, les assouplissait à force de graissages, et procédait enfin aux dernières finitions.

L'année précédente, elle avait aimé les fronces et

les smocks, difficiles à obtenir en l'absence d'aiguille. Mais cet été, la mode serait aux matières plus fluides et libres, aux pagnes échancrés ou pourvus de franges qui seraient du plus bel effet sur ses cuisses robustes au poil auburn très fourni.

Fut-ce la vision de Palavas penchée sur son ouvrage? Ou celle de la viande d'un rouge flamboyant qui apparaissait sous ses mains au fur et à mesure qu'elle décollait la peau de l'animal? Toujours est-il qu'en l'observant, Hardi-le-Laid fut saisi d'une émotion puissante, observable à l'œil nu. Il ne lui serait pas venu à l'esprit qu'on pût s'opposer à l'assouvissement d'un de ses désirs : il entreprit donc sans plus de manières de se soulager du trop-plein de vie qui enflait en ambassade de son ventre.

S'approchant derrière la jeune femme accroupie, il la saisit aux hanches, éleva sans effort la portion la plus enviée de son anatomie à hauteur adéquate, et se mit vaillamment à l'ouvrage sous les regards intéressés de quelques spectateurs. Noah et son ami assistaient à cette scène de la vie quotidienne.

Tout se passe en un clin d'œil. On voit le corps de Palavas, d'abord tétanisé par la surprise, se contorsionner comme celui d'un puma furieux. Le soleil zèbre de reflets roux sa chevelure et sa toison. Légèrement déséquilibré, le chef écarte un peu les jambes afin de trouver une assise plus solide, et ne voit pas venir le rectangle humide et flasque de peau d'antilope que la jeune femme a fini par arracher à la bête, et qui soudain lui enveloppe le crâne.

Décontenancé, il lâche sa prise, sous les quolibets

124

et cris de déception des uns, et sous les applaudissements des autres. Hardi-le-Laid se dépêtre du couvre-chef qui l'aveugle; Palavas lui fait face, jambes à demi fléchies, babines retroussées sur ses dents jaune pâle, innombrables, étincelantes et parfaitement rangées. Encore sous le coup de la stupéfaction, le chef ne sait pas s'il doit rire ou sévir; quant à sa victime, tendue dans une révolte que bien peu, y compris les femmes de la tribu, sont à même de comprendre, elle cherche, sans y parvenir, à exprimer son refus : un mot, il lui faudrait un mot.

L'occasion était belle; Noah s'en empara sans consulter son compère. S'adressant à la peu modeste modiste, il lui souffla le mot élémentaire, celui par lequel, depuis l'aube des temps, l'humanité procède vers son destin.

L'homme vient au monde en disant non. Ce n'est pas le cas du lézard. Chaque négation est un pas accompli vers un ordre plus humain des choses, pensait Noah. L'acquiescement est parfois la manifestation d'une forme accomplie de la sagesse; mais il traduit, le plus souvent, un état inférieur de l'humanité.

— Non? prononça la jeune femme, perplexe.

— Non? fit Hardi-le-Laid, ahuri.

— Non, confirma Noah.

— Non! reprit maladroitement le chœur des humains.

— Non, répéta alors Palavas, haut et clair, en direction du chef dont le désir naguère ostentatoire afficha aussitôt une baisse de tonus.

La confusion qui s'ensuivit échappe aux tentatives

de description. L'incident marqua en tout cas le début d'une période nouvelle et brève dans la vie de la tribu. Chacun, en effet, fut dès lors saisi d'une fureur d'exprimer et de nommer qui dépassa très vite les ambitions pédagogiques de Noah.

La chasse, la taille du silex, la fabrication des huttes, la pêche, l'entretien du feu, l'amour même furent pour un temps délaissés. Toutes les heures de veille étaient désormais consacrées à la confection d'un langage commun. Mais ce jeu de société, entamé dans l'allégresse, dégénéra très vite.

Tout mot à peine forgé faisait l'objet d'âpres discussions, chacun tenant à faire adopter par le groupe l'appellation qu'il venait d'inventer.

« Sérénade », prononçait l'un en désignant son pied. « Apocalypse », répliquait l'autre, tandis que Noah tentait en vain d'imposer les normes académiques acquises au cours d'un lent et patient apprentissage.

Les joutes ludiques du début (« Ornithorynque! — Entéléchie! — Tournesol! — Béribéri! ») se muèrent bientôt en une cacophonie générale, donnant lieu à des rixes de plus en plus enthousiastes.

« Céphalopode! », criait le fils plein de défi à son père qui, aussitôt, lui coinçait la tête entre l'écorce et le tronc d'un arbre pour lui inculquer le vrai sens des mots.

Si d'aventure Hardi-le-Laid donnait un ordre, chacun faisait mine de l'interpréter à sa façon, et au lieu de la sagaie demandée, le chef recevait un ver de terre, une branche, un silex, un demi-mammouth.

— Tel est le pouvoir du verbe, moralisa un jour Bonté-Même, que le cours des événements confortait dans ses convictions. Tu pensais que les mots apporteraient harmonie et compréhension. Mais l'heure n'est pas venue, vois-tu...

Noah se renfrogna.

On entendit une voix hurler « Sabayon ! », une autre répliquer « Coq en pâte ! » — puis le choc mat d'un gourdin, suivi d'un craquement sec.

20

— Ne crie pas, enfin! Je n'y comprends rien. Reprends au début, Noé. Et calmement.

— ...

— Bon, une grotte. Mais cette région est un vrai gruyère... C'est si important, une grotte de plus?

— ...

— Plus belle que Lascaux? Si tu veux mon avis, ce n'est pas très difficile. Je n'ai jamais compris ce que tu trouvais à ces barbouillages de jardin d'enfants.

— ...

— L'accomplissement de ta vie. Et moi, dans ta vie, je suis quoi?

— ...

— Je t'en supplie, ne recommence pas. D'où m'appelles-tu? Je t'entends mal.

— ...

— Tu te sens déjà une âme de propriétaire?

— ...

— Je crois. Je suis heureuse pour toi, tu sais. Mais tu me manques... J'ai peur de ne pas te voir souvent, au cours des mois qui viennent. Tu vas me laisser seule avec Adam...

— ...

— Mais non, bien sûr, ce n'est pas un monstre. Bien sûr. Mais non.

— ...

— J'ai du mal. C'est que je m'inquiète pour lui. Et puis il faut que je tienne la maison....

— ...

— C'est magnifique, Noé. Je suis sûr qu'il sera heureux, lui aussi. Enfin, j'espère. Il est tellement impénétrable. Il n'a pas d'amis, tu sais. Il ne va pas au café. Il ne voit pas de filles...

— ...

— Je le sais bien, qu'il a vingt ans. Allons, parle-moi plutôt de ta grotte. Elle est tellement belle?

— Je te dis que j'ai trouvé une grotte! Tu es sourde? Immense! Stupéfiante!

— ...

— Tu n'as pas dû bien entendre. Ou alors tu ne t'intéresses pas à mon travail, Hélène. Essaie de te rendre compte! C'est une découverte majeure! Et c'est moi qui... Non, j'ai l'impression de rêver, je t'assure... Plus belle que Lascaux, sans exagérer...

— ...

— De jardin d'enfants? Arrête, Hélène, tu es atroce. C'est l'accomplissement de ma vie.

— ...

— Mais toi, toi, toi... Ce n'est pas pareil, tout de même! D'abord, je ne t'ai pas découverte. Ou je ne suis pas le seul, n'est-ce pas.

— ...

— C'est à cause du téléphone portable. Je suis près

de l'entrée de la grotte... Toute l'équipe est partie se reposer, mais je n'arrive pas à quitter cet endroit.

— ...

— Ce n'est pas ça. Je pense à ce peintre. Ses fresques m'obsèdent. J'ai l'impression qu'elles me sont destinées personnellement. Tu comprends ?

— ...

— Ce n'est pas un monstre, tout de même.

— ...

— Mais tu arrives à peindre, à travailler ?

— ...

— J'ai une autre grande nouvelle, tu sais. J'ai appelé le ministère, tout à l'heure. J'ai demandé que la grotte porte mon nom. Notre nom. Ils sont d'accord ! Tu pourras le dire à Adam.

— ...

— Hélène, laisse-le donc mener sa vie. Il est trop occupé pour aller au café. Quant aux filles, il ne va pas faire un rapport chaque soir à sa mère. Il a vingt ans, après tout.

— ...

— Adam, assieds-toi, le dîner est prêt.
— Mmm.
— Tu vas dans ta chambre ? Tu ne dînes pas ?
— Pas le temps. J'ai du travail. Donne-moi des bananes.
— Tu devrais te nourrir autrement, tu sais. Tiens. Une, et c'est fini.
— Mmm.
— La journée a été bonne ? Tu as l'air soucieux.
— Moh.

— Dis-moi... Cette petite mine me rappelle quelque chose... Tu ne serais pas amoureux, par hasard?

— Lâche-moi. Je réfléchis.

— On peut discuter un peu, non? Pour une fois.

— On n'arrête pas de discuter. Passe-moi une autre banane.

— La dernière. Alors, comme ça, pas d'amourette en vue. Pas le moindre petit flirt.

— Tu peux traduire?

— Ne fais pas l'idiot, Adam. Tu sais très bien ce que je veux dire. J'aimerais bien, moi, que tu ramènes une fille à la maison. C'est de ton âge, après tout.

— Banane.

— Arrête, avec ça. Tu vas te rendre malade. Il y a bien des jolies filles, à la fac... Elles ne t'attirent pas? Enfin, je veux dire... Tu te sens normal, n'est-ce pas? Tu peux me parler en toute confiance, tu sais.

— Bon, une dernière, et je vais travailler.

21

C'est un autre matin.

Bonté-Même pénètre dans la hutte en peaux de renne où Noah, assis sur sa litière de feuilles, tente de dissiper les derniers lambeaux d'un rêve.

Il apporte, élégamment disposés sur une écorce, quelques baies colorées et un morceau de joue trop cuite qu'il est parvenu à négocier avec le chef, arguant du grand âge et de la notoriété de son ami — ce qui, par gestes, n'a pas été facile. Il compte bien, grâce à cette attention, monnayer le récit du voyage nocturne et vaincre les réticences croissantes de Noah.

Le vieillard mâchonne en silence, faisant durer chaque bouchée plus que de raison.

— Raconte, je t'en prie. Quoi de neuf chez mon fils?

— Ton fils m'étonne chaque nuit davantage, consent enfin à répondre Noah, pesant ses mots.

— Mais encore?

— Il allie la force vitale de nos frères et sœurs de horde à la pensée élaborée de ses contemporains.

— Mais que fait-il, que voit-il, que vit-il? Cesse donc de parler par énigmes!

— Il s'adapte au monde qui l'entoure. Ne te fais pas de soucis pour lui.

— Mange-t-il bien? Boit-il assez? S'accouple-t-il honnêtement?

— Ne te fais pas de soucis pour lui.

— N'a-t-il pas trop chaud ou trop froid?

— Son ère n'est pas glaciaire. Il jouit de l'anticyclone des Açores. Ne te fais pas de soucis pour lui.

— Comment se passent ses journées?

— Elles vont du matin jusqu'au soir. Point de soucis, te dis-je.

— Ces gens dont il partage l'existence... Cette Hélène, ce Noé... S'acquittent-ils en conscience de leurs devoirs de parents? Le protègent-ils?

— Les dangers de ce monde ne sont pas comparables à ceux du nôtre. Ton fils n'a pas besoin d'être protégé. Tes soucis ne sont pas de mise.

— Et lui? Se comporte-t-il en bon fils?

— Ces gens ne sont pas ses parents, répond Noah en détournant les yeux.

— Mais il ne le sait pas. Dis-moi si Adam respecte leur âge et leur expérience, s'il leur donne des preuves d'affection comme le font les enfants de chez nous malgré leur fruste éducation. Cesse, ami, de te faire prier.

— Adam n'est plus un enfant. Il est jeune et robuste, et comme tous les jeunes il tient pour non avenue l'expérience des anciens. Rien là de grave. Ne te fais pas de soucis pour lui.

Ainsi la conversation s'étire, épuisante pour l'un et frustrante pour l'autre. Bonté-Même, avide de détails, n'obtient du vieillard qu'informations sibyllines et laconiques généralités.

C'est que Noah, depuis quelque temps, assiste avec un malaise grandissant, au cours de ses rêves, à l'évolution des rapports entre Adam et ses parents. Le réveil a désormais un goût d'amertume qu'il ne souhaite pas faire partager à son ami.

Contre toute attente, le rêveur se sent aujourd'hui moins proche d'Adam que d'Hélène et de Noé. Chaque nuit, lorsqu'il s'allonge sur sa couche en serrant dans son poing le stylet de corne, c'est avec appréhension qu'il sent le sommeil l'envahir. Il sait qu'il risque d'assister à quelque scène déplaisante ou incompréhensible, mettant aux prises des parents désemparés et un jeune homme de plus en plus hostile.

Il sait qu'il risque, comme cette nuit, d'assister dans la chambre d'Hélène et de Noé à des ébats mélancoliques, précédés et suivis de conversations inquiètes.

— Viens contre moi. Arrête de bouger.

— Je ne peux pas.

Noé a rabattu le drap, il se lève. Le corps nu d'Hélène a été brusquement dévoilé; elle ne fait rien pour le recouvrir.

Comme elle est belle, s'émeut Noah qui plane dans l'air de la chambre. Cela sent l'amour et le temps bien perdu.

Noé, nu lui aussi, marche autour du lit, mains dans le dos. Passant près de la porte, il s'arrête un instant pour tendre l'oreille.

— Tu crois qu'il dort ?

— Je ne sais pas. Viens.

Les voilà de nouveau allongés l'un contre l'autre. Noah ne se lasse pas d'admirer leurs peaux claires et lisses.

— Tu crois qu'il dort ? murmure de nouveau Noé.

Hélène soupire.

En contemplant son corps, profusion soyeuse de galbes et d'ombres, Noah sent monter en lui un furieux désir de peinture figurative. Dès demain, il se mettra à la recherche d'une grotte reculée. Il ira seul, en paix, comme vers la mort. Il représentera encore une fois le corps en gloire d'Hélène, non plus debout, jaillissant d'une coquille, mais allongé, pâle et tendre comme un nuage, une main posée sur le pubis, avec pour seul ornement (il ne sait pourquoi il y songe) un ruban noir, très fin, autour du cou.

— Il passe ses journées dans sa chambre, les yeux rivés sur son écran. Si on tente de lui adresser la parole, il montre les dents comme un singe. Et si ce n'étaient que les journées ! Mais on dirait qu'il veille toute la nuit. Sa lumière reste allumée en permanence.

— Il se nourrit n'importe comment... Il ne voit personne, ajoute Hélène. Ni garçons, ni filles. Pas la moindre amourette, tu te rends compte, c'est épouvantable. Quant aux études, il prétend qu'il n'en a pas besoin pour réussir sa vie. Il a l'air si sûr de lui ! Et comme il nous regarde, maintenant...

— Ma pauvre Hélène. Dire que c'est ton fils.

Un silence. Elle se serre contre Noé. Puis s'allonge sur lui.

Ses cheveux forment une conque autour de leurs

têtes. Noah se fait minuscule, pénètre dans l'étroit espace où leurs haleines se mêlent. Les lèvres se rejoignent et se séparent avec des bruits mouillés.

— Noé, que s'est-il passé? On dirait qu'il t'en veut.

Nouveaux baisers. Silence.

— C'est à ce que je représente qu'il en veut, ce petit crétin prétentieux, ton fils. (Baiser.) Mon métier, ma façon de vivre : pour lui, je suis le passé... Il ne veut pas regarder en arrière, comme si cela l'effrayait. Il est persuadé que tout se joue devant nous, et qu'il sera le premier, qu'il sera un vainqueur... Hélène, ton fils est un con. (Baiser.) Parfois, je pense qu'il est capable de m'écraser pour me prouver qu'il a raison.

Puis les corps se mélangent, et Noah, discrètement, prend du recul.

Un simple ruban noir, pense-t-il. Et peut-être, à ses pieds, un petit animal à fourrure.

22

Hélène travaille dans son atelier, proche de l'appartement. Le local, pourvu de baies en verre dépoli, donne sur une cour grise, exposée au nord. Les toiles, souvent de grand format, sont rangées à l'envers contre un mur. Le sol est maculé de traînées de peinture multicolores.

Lorsque Noé entre, la femme qu'il aime est penchée sur une vaste toile carrée posée à même le plancher.

Il la regarde travailler. Elle tient à la main un manche à balai au bout duquel est fixé un pinceau, et trace de grands traits rageurs sur le fond ocre.

Noah, en connaisseur, admire la maîtrise de ses gestes. Il voit apparaître progressivement une figure humaine dont le mouvement se décompose. C'est de la peinture en colère. Noah aimerait reproduire non cette colère, car il est d'un tempérament doux, mais la vie qui agite ces formes. Il se promet de tenter, dès son réveil, de représenter le mouvement d'Hélène, nue, descendant un escalier.

Elle est pieds nus, vêtue d'un pantalon de toile et d'un chemisier blancs, tachés. Ses cheveux sont ramassés à la diable et maintenus au-dessus de la nuque par une longue barrette. De la sueur perle dans l'échancrure du col, et ses pommettes sont rosies par l'effort.

Voyant la sombre mine de Noé, Hélène pose son outil et s'approche.

— Alors, ce ministre? Il est aussi joli garçon qu'à la télévision?

— Je n'ai pas vu le ministre. Parti inaugurer le Très Grand Musée de l'Art Publicitaire.

— Mon pauvre Noé, tu ne fais pas le poids, avec tes gribouillis rupestres...

— Attends. J'ai donc rencontré son bras droit, pour qui l'Histoire commence en 1968, et la Préhistoire dans les années vingt.

Noé raconte l'entrevue. Un bureau qui ressemble à l'intérieur d'un réfrigérateur, une table d'altuglass en forme de flaque d'eau, et, à l'abri derrière des hublots à monture vermillon, le regard bleu titane d'un énarque parfumé.

— Le ministre, dit-il, a défini de nouvelles priorités, tenant compte, explique-t-il, à la fois des contraintes d'un budget rationnalisé, déplore-t-il, et de la nécessité de faire rayonner à l'étranger une image dynamique de notre pays, s'enflamme-t-il, tournée vers demain, vers le progrès des arts, des droits de l'homme et des techniques de pointe, et non, s'amuse-t-il avec condescendance, recroquevillée sur de prétendus trésors qui ne sont, conclut-il, que le balbutiement infantile de la civilisation. Silence. Par ailleurs, nous n'avons plus un rond, ajoute-t-il et sourit-il.

— Ce qui veut dire? s'enquiert Hélène, qui ne parle pas l'énarque.

— Ce qui veut dire que le ministère, qui promettait de racheter le terrain et de superviser les missions d'étude, a décidé de laisser tomber. Pardon, de surseoir à son engagement. Il propose deux solutions. Soit on ferme la grotte, située sur un terrain communal, aux chercheurs comme au public, en attendant des jours plus fastes... Ce qui ne sera pas du goût de la municipalité de Saint-Pompon, laquelle espérait des pluies de dédommagements et des averses de subventions... Soit l'État renonce à son droit de préemption, et cède à la commune la gestion et l'exploitation du site.

— Mais ces gens-là ne savent pas distinguer le mésozoïque du protozoaire! Ils vont transformer ta grotte en baraque à frites!

— Ah, mais le ministre pense à tout. Un comité d'experts serait alors nommé, qui aurait un droit illimité de désapprobation en cas d'abus notoire, et pourrait s'exprimer sans retenue dans les revues d'érudition locale.

— Et je suppose, susurre Hélène en embrassant Noé dans le cou, qu'on t'a proposé la direction du comité? Le ministre n'est pas un ingrat, cela se voit sur son visage.

— Je suis pressenti, en effet, avoue Noé, accablé, pour devenir le président en chef de cet aréopage de momies. Et je ne te parle pas de la Légion d'honneur qui me pend au nez.

— Misère. Voilà qui ne va pas contribuer à asseoir ton autorité paternelle. J'entends déjà ton fils ricaner.

— Je t'en prie, Hélène. À chaque jour suffit sa peine. À propos, il t'a donné de ses nouvelles?

— Il a téléphoné. Toujours en stage. Il semble assez content de lui. Il a refusé l'argent que je lui proposais. Tu vois, je n'ai pas besoin de me faire de soucis pour lui : à vingt-trois ans, il sait se débrouiller. Et même un peu trop. Je préfère m'inquiéter de toi... Dis-moi, que vas-tu faire, mon pauvre président, mon petit légionnaire d'honneur ?

— D'abord me renseigner sur les projets de la commune, si projets il y a. Je les appelle dès aujourd'hui. Je vais faire un scandale, crois-moi, murmure Noé avec un air de chien battu. Je vais ameuter les journalistes. Ma découverte a fait suffisamment de bruit pour que la presse s'y intéresse encore un peu. Non ? Tu ne crois pas ? Enfin il me semble, quoi. Tout de même.

— Mais bien sûr, les journalistes, répond Hélène d'un air distrait. Si nous buvions un coup ? Tu parles, tu parles, ça me donne soif, ajoute-t-elle en glissant ses mains sous la chemise du pauvre homme.

23

— Me déplacer? Bien entendu. Fixons un rendez-
vous, Monsieur le maire.

— ...

— C'est d'accord. Mais dites-moi au moins la raison de votre...

— ...

— Vous en avez discuté en conseil municipal, je
suppose. Il me semble que j'ai le droit de savoir ce
que...

— ...

— Je sais que je ne suis qu'un petit chercheur sans
moyens et sans autorité, et que je ne suis pas propriétaire de cette grotte, Monsieur le maire. Si c'était le
cas, je vous assure que les gougnafiers et les mar-
chands du temple ne seraient pas près d'y mettre les
pieds.

— ...

— Je ne me prends pas pour Jésus-Christ, non. Pas
du tout. J'ai peur, au contraire, que vous ne cher-
chiez à multiplier les petits pains au détriment de la
collectivité nationale. Encore une fois, je maintiens
que cette grotte ne doit pas être ouverte au public.
Souvenez-vous de Lascaux, Monsieur le maire.

— ...

— Lascaux, oui. Dordogne. France.

— ...

— Eh bien c'est ça, voyons-nous. Parlons-en.

— ...

— Je vous demande pardon? Quelle société?

— ...

— « Erectus Sans Frontières »? Je veux croire que vous plaisantez.

— ...

— Mais qui sont ces gens? Dois-je penser que vous êtes sur le point de confier l'exploitation de la grotte à une société privée, affublée d'un nom ridicule?

— ...

— Grotesque, si vous préférez... Très amusant, Monsieur le maire... Puis-je savoir quelles garanties ils vous offrent? Il s'agit du patrimoine de l'humanité, nom de Dieu! Cette grotte est un sanctuaire! Une cathédrale!

— ...

— Pour Jésus, je sais. Eh bien, d'accord. Le plus tôt sera le mieux. S'il faut rencontrer ces pitres cousus d'or, je viendrai. Je boirai le calice jusqu'à la lie.

Au village de Saint-Pompon, Hélène et Noé boivent un verre à la terrasse des *Tilleuls*, sur une place plantée de marronniers.

Une halte était nécessaire après le long trajet. Noé regarde sa montre : il faut lever le camp. Le rendez-vous a été fixé à l'entrée même de la grotte avec les membres du conseil municipal, le représentant du ministère et celui de la grotesque société. Le site se trouve à quelques kilomètres du village.

Ils montent à bord de la voiture. Noah s'est assis sur le capot. Il sent le vent ébouriffer sa toison, siffler le long de son bourrelet sourcilier, baigner son corps d'un souffle tiède, sensation peu commune pour un homme accoutumé aux bises mordantes venues des glaciers.

D'ailleurs, rien ici ne ressemble à son monde. Tout paraît plus petit, plus amical, plus riant. Ces peupliers, sagement rangés au bord du ruisseau... Ces hêtres et ces charmes aux feuilles joliment gaufrées, moins grandes que la paume... Comment les comparer avec les arbres terrifiants dont les racines, qui ondulent en surface avant de plonger sous terre, ressemblent à d'énormes reptiles, ou avec ces plantes dont chaque feuille peut abriter de la pluie une famille entière ? Ici, les oiseaux ont des tailles d'insectes et sont dépourvus de dents. Rien à craindre de ce choucas neurasthénique ou de cette draperie d'étourneaux ; tandis que chez lui, le marcheur n'est jamais garanti contre les attaques du ptérodactyle aux dures mâchoires ou du sournois archéoptéryx.

Non, décidément, rien de semblable entre ces deux mondes. Nul danger de voir surgir de cette châtaigneraie le majestueux mégacéros dont chaque bois pourrait servir de litière à un lion.

Rien de semblable, si ce n'est...

Certains détails du paysage, peut-être...

Ce jaillissement de rochers ocre, là-bas, dans une cascade de mousses...

Cette combe étroite cisaillant le coteau...

À plusieurs reprises, l'esprit de Noah en éveil semble percevoir ici et là des formes familières. Sans doute la paroi entre rêve et réalité est-elle poreuse par endroits, et laisse-t-elle pénétrer dans le monde d'Hélène des images, des odeurs, des sensations qui appartiennent à celui de Noah ?

L'évidence s'impose au détour d'un virage. La route débouche dans un cirque bordé de hautes falaises grises, striées verticalement de coulures sang-de-bœuf. Une forêt dense les couronne, et d'épaisses touffes de végétation garnissent les anfractuosités.

Noah connaît cet endroit.

Il connaît ces roches abruptes, il connaît cette saignée horizontale à mi-hauteur de la paroi, et il sait y accéder.

Il connaît le surplomb qu'elle forme, pour s'y être abrité, une nuit d'orage, en compagnie de Bonté-Même. Il sait aussi qu'un peu plus bas, invisible de la route, se trouve une ouverture étroite, donnant dans un boyau qui débouche sur la plus grande et la plus belle salle souterraine qu'il ait jamais décorée.

Les roches, certes, se sont émoussées. Leurs arêtes sont moins tranchantes, et des pans entiers se sont effondrés; mais il est certain que sa mémoire ne le trahit pas, d'autant que son souvenir remonte à la saison dernière.

Il se souvient des échafaudages patiemment installés et scellés avec de l'argile. Noah a expérimenté ici un jaune obtenu en chauffant de l'oxyde de fer. Pour la première et unique fois, il a peint un hibou; et surtout il a représenté une charge de rhinocéros, toute laine au vent, dont le réalisme était tel qu'il effrayait le pauvre Bonté-Même.

Il a travaillé dans cette grotte pendant plusieurs

semaines, bénéficiant de la pause estivale de la horde, qui suit les déplacements des troupeaux de rennes. Peintures, gravures, bas-reliefs — et même un ou deux hauts-reliefs, il faut bien l'avouer.

Et le voilà revenu sur ces lieux familiers, juché sur le capot d'une automobile.

On croit rêver, marmonne-t-il.

24

La voiture se gare sur une aire de stationnement où se trouvent déjà plusieurs véhicules.

Noé et Hélène s'engagent sur un sentier qui grimpe en serpentant entre des noisetiers. Noah les suit en boîtant.

Un homme vient à leur rencontre, qui se présente comme le maire de Saint-Pompon. On se serre la main, on se salue, on se jauge.

— Le représentant d'ESF est déjà là-haut. Quelqu'un de très bien, vous verrez, très jeune. Il discute avec mes adjoints et avec l'envoyé du ministère. Je suis sûr qu'il saura vous convaincre. Sûr, sûr, sûr, répète-t-il avec un sourire inqualifiable, en se frottant les mains.

Noah ne reconnaît pas l'entrée de la grotte, dont l'accès a été déblayé.

Mais il reconnaît, oui, l'individu qui vient de se retourner vers les arrivants.

Sans conteste, il s'agit du rejeton transtemporel, de l'enfant sans nombril ni scrupules, sans menton ni sentiments, du jeune homme velu au blazer et à l'attaché-case, de celui qui désormais donne mauvais goût à ses rêves : Adam.

146

— Voilà donc notre fameux découvreur, s'écrie Adam, toutes dents dehors, en s'avançant main tendue vers son père. Bienvenue à Préhistoland!

— Oh non, dit Hélène.

— Et merde, dit Noé.

Une table pliante a été installée devant la grotte. Adam y dépose son porte-bonheur. Double claquement des serrures. À l'intérieur, une dizaine de plans enroulés, parfaitement rangés.

— Monsieur, proclame le jeune carnassier en s'adressant à son père, je considère comme un heureux présage le fait que nous ayons le même patronyme.

Le maire approuve en souriant.

— Cette grotte, qui porte votre nom, porte donc aussi le mien. Cela augure d'une fructueuse collaboration. Mais avant tout, je tiens à vous présenter le projet élaboré par ma société.

Adam déroule un premier plan.

Un serpent dans mon sein, rumine Noé, hagard. Une vraie saloperie de serpent.

Un serpent. Dans mon sein. Je l'ai élevé, songe Hélène, hébétée.

Noah, lui, se réveillerait volontiers.

— Il s'agit, bien entendu, de relevés sommaires, en attendant la reproduction en trois dimensions que j'ai commandée. Cela devrait nous permettre de discuter concrètement, puisque les questions de principe ont déjà été réglées avec ces messieurs.

— Tu dis, vous dites que les questions de principe ont déjà été réglées, constate Noé.

147

— Bien sûr. Soyez sans inquiétude. Nous en reparlerons, si vous le voulez. Nous sommes très désireux d'entendre votre avis.

Des abeilles bourdonnent autour de leurs têtes. Le soleil se réverbère sur les pierres, il commence à faire chaud.

— Nous allons faire de cet endroit un rendez-vous planétaire : celui des amoureux de l'humanité, annonce le serpent.

— De l'humanité, répète Noé.

— De l'humanité. Bien entendu, vous êtes un scientifique, et cet intérêt particulier du site vous échappe sans doute. On ne peut à la fois devenir un spécialiste mondial du recollage des vertèbres d'ablettes fossilisées, et avoir le recul nécessaire pour s'intéresser au devenir du genre humain, n'est-ce pas. Mais justement, Erectus Sans Frontières est là pour ça. Nous allons redonner aux hommes et aux femmes la mémoire de ce qu'ils ont été, afin de conforter en eux le désir d'évolution et de progrès. Il faut engendrer des sentiments positifs. Une devise sera inscrite dans toutes les langues au-dessus de ce trou à rats : « Plus jamais ça. » Nous sommes à l'aube d'une ère nouvelle, savez-vous.

Le représentant du ministère observe avec attention la pointe de ses mocassins en autruche.

Monsieur le maire arbore un sourire satisfait.

Noah estime que sa grotte n'est pas un trou à rats.

Hélène et Noé méditent sur le sens de la phrase : « Plus jamais ça », et l'appliquent à la situation présente.

— Les problèmes relatifs aux infrastructures d'accueil et de gestion des flux de visiteurs seront rapidement réglés. D'ores et déjà, ESF a trouvé les financements nécessaires à la construction des bâtiments qui domineront ces falaises sur tout le pourtour du cirque : hôtels, palais des congrès, pavillons d'expositions, bureaux, logements de fonction, etc.

— Magnifique, souffle Noé.

— Il sera fait appel aux architectes les plus en vue afin de donner à ce coin de nature — un peu austère, avouez — une physionomie plus pimpante, plus moderne, continue Adam en déroulant des maquettes planes. Mais là n'est bien sûr pas l'essentiel.

— L'essentiel, intervient le sous-ministre, est de donner à voir.

— Et d'attirer du monde, renchérit le maire.

— En effet, reprend Adam. Nous nous y emploierons. Cet endroit va devenir un centre d'attraction unique au monde. Un spectacle permanent y sera donné, au milieu des fresques, afin d'offrir aux visiteurs une idée exacte de cette époque — mais une idée dramatisée, mise en scène et en ondes, constamment renouvelée, répercutée sur les chaînes de télévision sous forme de sitcom, en live et en prime-time.

C'est mon fils, déplore Hélène.

Ce n'est pas mon fils, décide Noé.

Que vais-je dire à Bonté-Même ? se demande Noah.

— Premier axe, donc, la reconstitution historique, enchaîne Adam. Montrer à nos contemporains la gangue primitive dont nous devons désormais nous extraire. Mais le second axe n'est pas moins important.

— Exact, approuve le sous-ministre en ramenant

vers l'arrière sa belle mèche blonde. Il s'agit de créer des événements médiatico-humanitaires. Le ministre y tient beaucoup. Expliquez, Adam.

— Saint-Pompon doit devenir la caisse de résonance, le miroir des malheurs du monde. L'humanité, en bien des endroits, vit encore à l'âge de pierre. Montrer le malheur, c'est l'annuler, par le miracle de la communication planétaire.

— Je comprends, ment Noé.

— Un exemple. Imaginons qu'une guerre interethnique ravage un petit pays d'Afrique noire. Aussitôt, notre troupe permanente s'empare du sujet et le popularise sous forme de feuilleton. Puis nous faisons venir ici quelques victimes civiles judicieusement choisies, représentatives de cette guerre, afin de leur faire vivre, sur le site préhistorique, une sorte de psychodrame cathartique, aux yeux du monde entier! Enfin, les dirigeants sont invités à venir négocier dans le Palais des Congrès, ou Palais de la Paix, en direct et en public, sous la direction des animateurs les plus populaires! Les moyens de les convaincre ne manquent pas. Vous me direz...

— Non.

— Si, je sens que vous allez me le dire, que la paix sur le terrain ne s'obtiendra jamais ainsi. Mais du moins aurons-nous braqué le projecteur, à un instant donné, sur une situation dramatique, et sensibilisé momentanément les populations. Ensuite, ma foi, un événement chasse l'autre, vous savez ce que c'est.

— Non.

— Bref, Saint-Pompon obtient ainsi rapidement une situation de monopole dans le peace-business. Les opérations sont financées par les gouvernements, par les entreprises et par les dons qui ne manqueront pas d'affluer. Des opérations similaires pourront être montées, bien entendu, à la faveur des grandes catastrophes naturelles. L'important est de frapper au cœur, vite et fort. De montrer que l'homme n'est plus une bête, mais qu'il peut être un sponsor pour l'homme.

— Saint-Pompon, capitale universelle de la Paix! En avant vers l'humanité humanitaire! s'extasie le sous-ministre.

— Et ça va faire venir du monde, dit le maire.

À la demande de Noé, les dignitaires les ont laissés seuls. Même Hélène est partie avec eux; elle se fera déposer aux *Tilleuls* pour y attendre son compagnon.

Noé, suivi d'Adam, avance dans l'étroit boyau. L'entrée de la caverne, obstruée pendant des millénaires, a été totalement désencombrée; mais le trajet jusqu'à la grande salle n'en reste pas moins difficile, semé d'embûches, d'étroits goulets, de précipices noirs, de puits cyclopéens, de dénivellations brutales, de pentes glissantes.

Noé est ici chez lui. Il aime ces ténèbres humides, aux parfums d'eau, de pierre froide et de terre. Il se sent le frère des hommes venus autrefois déposer leurs traces à l'abri du temps.

Ils pénètrent enfin dans la vaste galerie qui forme l'antichambre de la caverne peinte. Des milliers de stalactites étincellent dans la lueur des torches.

— Déchausse-toi, ordonne Noé, délaçant lui-même ses chaussures.

— C'est une mosquée? s'étonne Adam, sans obtempérer.

Le sol des cavernes constitue pour les chercheurs une mine d'informations sur le mode de vie et les techniques de travail des hommes préhistoriques; il faut se garder d'effacer les fragiles messages qui y attendent d'être déchiffrés. Mais bien vite, Noé s'aperçoit que sa précaution était illusoire : en entrant dans l'immense salle des fresques, il constate que le sol a été piétiné, couvert de traces, de repères fluorescents. Même les parois sont hérissées de planchettes et de signaux destinés à faciliter les relevés.

— C'est un massacre, dit Noé.

— C'est le début d'une expérience divertissante, dit Adam.

— Tu crois vraiment à toutes les bêtises que tu leur racontes ?

— Je crois surtout que je vais beaucoup m'amuser, en gagnant beaucoup d'argent. Penses-tu que ces vieilleries pourraient changer la face du monde ? Leur seule valeur, c'est celle que je vais leur donner.

— Dis-moi comment tu as fait.

— Tout d'abord, tu devrais savoir que de nos jours un ordinateur muni d'un modem suffit pour participer à la grande aventure boursière. Je ne suis pas mécontent des résultats que j'ai obtenus dans ce domaine. J'apprends très vite, tu as remarqué ? Maman et toi ne vous êtes jamais doutés que vous hébergiez un millionnaire, je parie.

— Tu nous détestes.

— Je n'ai pas de temps à perdre en frivolités œdipiennes. Je viens de loin, et le temps est compté.

— Abrège, alors. Comment as-tu fait ?

— J'ai tout de suite pensé que ta découverte avait un grand intérêt. Et que tu allais la gâcher par cette forme de lâcheté commune à ton époque et à ta génération, qui se dissimule derrière de prétendus scrupules scientifiques ou moraux. J'ai donc décidé d'agir à ta place, avec mes moyens.

— Je n'arrive pas à y croire. Comment as-tu obtenu les autorisations ?

— Les gens du ministère ont été les plus durs à convaincre : il fallait les payer en mots. Mais l'opération pouvant leur servir sans les contraindre à s'engager, ils ont assez vite lâché le morceau. Quant aux édiles locaux, je n'ai pas eu de mal à leur démontrer qu'ils ne pourraient assumer seuls l'exploitation du trésor, sans compétences ni moyens. Ils m'ont donc cédé les droits d'exploitation, contre la promesse d'installer une station d'épuration. À chacun ses rêves. Ils vont pouvoir épurer à tout-va, et cela suffit à leur bonheur. Ce sont des sages. Ils savent bien, par ailleurs, que l'afflux d'étrangers et de capitaux va constituer une manne pour leurs petites affaires, sans qu'ils aient à mouiller leur chemise...

Sous le faisceau des torches, Noé voit défiler les peintures dont il ne percera pas le mystère. La charge des rhinocéros, par exemple, avec les toisons tordues par le vent, la forêt des cornes noires, la danse des petits yeux ronds comme des myrtilles, le mouvement stroboscopique de leurs courtes pattes : pour quelle raison le troupeau semble-t-il englouti en bout de course par un trou ou un gouffre ? Quelle est cette divinité maternelle, au ventre rebondi, qui se tient de l'autre côté du trou, un bras levé, paraissant contraindre les bêtes furieuses à plonger en enfer ? Il ne le saura jamais, pas plus qu'il ne pourra se pencher sur l'énigme du hibou gravé, figure unique dans l'art pariétal, ou sur les innombrables représentations qui ornent les trois cents mètres de paroi. Il ne saura rien. Tout ce savoir accumulé, toute cette patience, en vain.

Noah, lui aussi, observe ses œuvres avec un brin de nostalgie. Pas mal, pas mal du tout. Un vrai sens du rythme et des couleurs. Il n'est pas certain de retrouver un jour un tel état de grâce, nom d'un petit bonhomme.

— Désolé, mon fils. Je ne vais pas pouvoir te laisser faire ça.

— Voyons, papa, tu n'as pas le choix. Tout est verrouillé. Sois raisonnable, pour une fois. Je peux te trouver un poste de consultant, si tu veux. J'y ai pensé. Tu pourrais poursuivre dans un petit coin l'étude de tes petites peintures, de tes petites potiches.

— La nuit, après le ramassage des papiers gras et des confettis? Merci bien. Je préférerais ne pas le faire.

Le moment est venu, se dit Noé, de fracasser ce robuste petit crâne contre une stalactite, pour en finir avec les plaisanteries.

À la terrasse des *Tilleuls*, sous les feuillages des marronniers à travers lesquels ruisselle la brise, Hélène dessine, sur un bloc à spirale, un enfant à tête de hyène.

Noé s'assoit à côté d'elle, trempe ses lèvres dans le verre de vin blanc.

— J'ai essayé de le tuer, dit-il d'une voix calme.

— Qui ça, ton fils? s'informe Hélène sans cesser de crayonner.

154

— Celui-là, oui.

— C'est du solide. Tu ne t'es pas fait mal, au moins ?

— J'ai cassé une stalactite. Toujours ça que Disney n'aura pas.

— Où est-il ? demande Hélène, en ombrant une partie du dessin avec la pulpe de son petit doigt.

— Qui ça, ton fils ?

— Celui-là, oui.

— Sans doute en train de chercher son porte-bonheur, que j'ai jeté dans les fourrés.

— Et que fait-on, maintenant ?

— On change de vie.

25

Un vent tiède soufflait sur le campement endormi.
Nuit noire, gorgée de bruits.

Noah alluma un feu, à l'écart : un peu de salpêtre,
des brindilles sèches, deux silex. À côté du foyer, il
avait creusé un trou, afin d'y déposer une outre en
vessie de renne remplie d'eau.

Il fit chauffer les pierres dans les braises. Une fois
chaudes, il les saisissait à l'aide de deux bâtons, les
plongeait dans l'eau. Il les retirait ensuite, les rempla-
çait par d'autres pierres brûlantes. Il procéda ainsi
jusqu'à ébullition.

Le moment arriva de jeter dans le bouillon quelques poignées de gros escargots, des musaraignes
écorchées, des graines de fenouil, un chou sauvage,
quelques tubercules sans nom.

Il avait préféré ne pas dormir, et éviter ainsi le
risque d'un rêve.

Combien d'hivers, combien d'étés, depuis la mort
de Vertu-Vertu ? Vingt-cinq, peut-être. Une période
riche en enseignements.

Il continuait d'alimenter l'ébullition de l'eau.
Quand la soupe serait prête, il irait réveiller Bonté-

Même, et ils partiraient à la chasse après avoir mangé.

Les deux chasseurs étaient déjà loin du camp lorsque le soleil apparut. Ils s'étaient munis de sagaies aux pointes d'ivoire acérées, et de propulseurs. Noah était particulièrement fier de cette récente invention, qu'il avait hâte d'expérimenter. Il s'agissait d'un bâton muni à son extrémité d'un crochet que l'on introduisait dans un orifice percé à l'arrière de la sagaie. L'engin devait permettre de multiplier l'effet de levier du bras du chasseur, en venant le prolonger en fin de course, après une rotation verticale du poignet. La sagaie ainsi propulsée partait à la vitesse de l'éclair. Si le procédé s'avérait efficace, Noah en répandrait l'usage chez les chasseurs — bien qu'il sût que, selon la pente naturelle de ses frères humains, il s'en trouverait toujours un pour utiliser l'arme à des fins imprévues et sans doute nuisibles. Désormais, il ne se sentait plus comptable des progrès et des régressions de l'espèce. Il ne se doutait pas, cependant, que son incoercible besoin d'invention allait avoir, dans l'immédiat, une conséquence terrible.

Ils traversèrent le fleuve à cheval sur un tronc. Au nord du cours d'eau s'étendait une vaste steppe parsemée d'arbustes qui faisaient le régal des aurochs.

C'est au terme d'une longue marche qu'ils aperçurent le troupeau. Il y avait là une dizaine de bêtes, dominées par la silhouette puissante et noire d'un mâle aux cornes démesurées.

Les deux hommes ralentirent le pas, entamèrent

une prudente approche en se dissimulant autant qu'ils le pouvaient derrière les touffes de genévrier, faisant un long détour afin de se retrouver contre le vent.

Ils étaient presque à portée de sagaie lorsqu'ils virent les animaux se figer et redresser la tête, en alerte. Leurs regards portaient vers un point invisible pour Noah et son compagnon : un danger arrivait de la direction opposée.

Soudain, la panique s'empara du troupeau.

Toutes les bêtes, affolées, se mirent à galoper vers l'endroit où se cachaient les chasseurs, à l'exception du grand mâle qui, faisant front, semblait vouloir couvrir la fuite de ses congénères.

Les bêtes éperdues se précipitaient dans un bruit de cornes entrechoquées, et le grondement de leurs sabots se répercutait dans la poitrine des deux hommes.

Là-bas, un combat furieux opposait l'aurochs à quatre lionnes. Luttant pied à pied, balançant d'un côté et de l'autre la grande lyre de ses cornes, donnant du sabot et du poitrail, il parvenait à tenir à distance les adversaires souples et agiles qui bondissaient autour de lui.

Le troupeau détalait. Parvenues à hauteur des hommes, les bêtes, surprises de découvrir un nouveau danger surgissant des herbes, firent un brusque écart et filèrent, bientôt suivies par leur chef. À ce moment, Noah et Bonté-Même ne pensaient plus à la chasse, mais au péril que les buffles avaient su momentanément éviter, et qui risquait maintenant de s'abattre sur eux.

Un des aurochs, plus faible ou plus vieux, incapable en tout cas de soutenir le rythme de la course, se laissa distancer par les autres, et revint sur ses pas. Peut-être acceptait-il, en s'isolant, de se sacrifier pour attirer sur lui les attaquantes. Les deux hommes s'écartèrent l'un de l'autre, afin de mieux parer au danger. Les lionnes accouraient, sautant par-dessus les hautes herbes. Trois d'entre elles s'abattirent sur l'aurochs. Il s'était immobilisé, et se mit à mugir. Les trois voraces étaient collées à lui. Elles avaient planté dents et griffes dans son cuir, et ses mouvements désordonnés étaient impuissants à leur faire lâcher prise. À chaque soubresaut, à chaque ruade, leurs crocs s'enfonçaient plus profondément en lui, arrachant de gros morceaux de chair. Les corps des lionnes épousaient ses mouvements; leurs pelages étaient aspergés de son sang; en mordant, elles souriaient.

Pendant ce temps, la quatrième lionne courait en cercle autour des deux hommes qui, distants d'une dizaine de pas, mains crispées sur les hampes de leurs armes, suivaient sa ronde.

Ils comprirent que les cercles qu'elle décrivait se resserraient progressivement. Sans doute attendait-elle un moment propice pour se jeter sur l'un d'eux.

L'aurochs, non loin, continuait à meugler. Ses mouvements devenaient plus faibles. Il avançait malgré tout, sans but, titubant, tandis que les trois lionnes le mangeaient vif. Au bout d'un moment, il tomba à genoux. Le sang lui giclait des naseaux, ruisselait de ses plaies, faisait briller sa robe noire.

L'autre lionne poursuivait sa ronde.

Soudain la sagaie de Bonté-Même siffla. Le trait, dont le propulseur décuplait la vitesse, frôla le cou de la bête et se perdit dans l'herbe. L'animal ne ralentit pas sa course, resserrant sa spirale autour des deux hommes. Noah tenta aussitôt de se rapprocher de son compagnon désarmé.

C'est le moment qu'elle choisit pour attaquer.

En un éclair, elle fut sur Bonté-Même. Leurs corps roulèrent sur les herbes coupantes. Un instant plus tard, la lionne était allongée sur l'homme. Ses griffes, enfoncées profondément dans ses bras et ses jambes, le maintenaient immobile. Noah vit sa gueule s'ouvrir, puis se refermer sur l'épaule de sa victime en un geste délicat et tendre.

La lionne, en plantant ses crocs dans la chair, avait un œil grand ouvert, fixé sur Noah; c'est dans cet œil que s'enfonça la pointe effilée de la sagaie.

Noah n'entendit pas les aurochs revenir au galop. La lionne aveuglée s'était dégagée de Bonté-Même en poussant un feulement enragé. D'un nouveau coup de sagaie, il la cloua au sol. Elle se débattit un long moment, et il ne put éviter quelques coups de griffes qui lui déchirèrent les cuisses. Puis elle se résigna, cessa de tourner follement autour de son axe et consacra l'énergie qui lui restait à tenter d'aspirer quelques dernières goulées d'air de la steppe.

Les aurochs étaient revenus, alertés par les mugissements de leur compagnon blessé. Ils l'entourèrent, et parvinrent à violents coups de cornes à chasser les trois lionnes étourdies de sang frais. Elles s'éloignèrent à pas souples et lents, maculées de taches vermeilles, non sans avoir écorché quelques mufles.

L'aurochs blessé s'était allongé. Des pans entiers de chair avaient été arrachés sur son cou et son dos. Il gémissait, les yeux mi-clos, tandis que les autres léchaient ses plaies avec douceur, formant un cercle autour de lui.

À quelques mètres de là, Bonté-Même perdait son sang. Il était pâle, il souriait à Noah qui tentait d'endiguer l'hémorragie à l'aide de compresses d'herbes et de mousse.

Noah observait les plaies, la peau lacérée d'entailles béantes d'où s'écoulaient en pulsations régulières de petites vagues de sang.

Le soleil était déjà bas. Ils n'avaient pas vu la journée passer.

L'aurochs avait cessé de gémir. Le troupeau s'éloigna, cornes basses.

— Parle-moi de mon fils, demanda doucement Bonté-Même.

26

Lui parler de son fils. L'agonie ne va pas être une partie de plaisir.

C'est que Noah, ces derniers temps, a assisté aux développements de l'histoire d'Adam, qui sont difficilement racontables à un père mourant et plein d'illusions.

Il y a eu la rencontre d'Odette. Adam a fait sa connaissance au lendemain de l'épisode de la grotte, à Saint-Pompon centre, où elle était l'unique employée du syndicat d'initiative.

Odette est une très jeune femme propre et gaie. Immédiatement, Adam a jeté son dévolu sur elle, à cause de ses remarquables qualités décoratives et de l'estime dont elle semble jouir au village. Son père est, par ailleurs, le plus gros entrepreneur de la région, ce qui ajoute à son charme naturel.

Comme de son côté la demoiselle n'était pas insensible à la séduction carnivore du jeune homme, l'affaire a été vite conclue. La virginale Odette est tombée dans le filet de ce garçon qui, malgré un physique assez, enfin, plutôt, comment dire, particulier, rayonne d'une énergie communicative.

Le mariage a eu lieu dans les semaines suivantes. Une cérémonie simple, rapide, sous le régime de la séparation des biens. Les parents d'Odette n'ont pas été longs à séduire : un portefeuille d'actions constitue souvent une carte de visite plus convaincante qu'une déclaration de bons sentiments.

Quant à Hélène et Noé, ils n'ont pas été conviés à la noce. On n'aurait de toute façon pas pu les joindre, puisqu'ils ont abandonné leur domicile pour partir vivre, comme promis, une autre vie.

Adam s'est installé à Saint-Pompon auprès de sa jeune épouse afin de superviser la mise en route du grand chantier paléo-humanitaire. La déconvenue de la mariée est à la hauteur des espérances ingénues qu'elle avait nourries. Elle pensait avoir épousé un aventurier de la finance, un prophète du don de soi, elle retrouve chaque soir dans son lit un comptable qui fait des économies jusque sur ses coups de reins. (Ce qui ne l'empêche pas, en dehors du lit conjugal, à en croire de nombreux observateurs de la vie villageoise, et pour reprendre leur expression, ce qui ne l'empêche pas, donc, de baiser, oui, ce sont leurs propres termes, à couilles rabattues, voilà.)

Odette est une erreur dans la trajectoire jusque-là implacable d'Adam. Tout entier engagé dans la construction de son avenir, il a négligé, par manque de temps ou de présence d'esprit, de s'intéresser à la nature des jeunes épousées.

Voilà pourquoi il prend pour de la docilité ce qui, chez Odette, n'est que propension au rêve ou à l'abandon des sens ; pour une absence de personnalité et de volonté la tendance à accepter tous les compromis concernant l'accessoire afin de ne rien céder sur l'essentiel ; pour un besoin instinctif d'adopter vis-à-vis de l'homme des attitudes maternelles ce qui n'est que souci tactique de protéger les secrets du cœur derrière des comportements rassurants et attendus.

Il a assigné à Odette une place précise dans son plan de carrière, et n'imagine pas un instant qu'elle pourrait un jour, de son propre chef, perturber un ordre si laborieusement établi.

Adam, selon une coutume de l'époque, a créé, autour d'ESF, une nébuleuse de sociétés, réparties dans les principaux secteurs de son activité : immobilier, spectacles, services, gestion de fonds, maintenance, publicité, communication. La circulation des capitaux à l'intérieur de cette constellation est prévue pour pousser au suicide tout polyvalent du fisc qui tenterait d'en élucider les énigmes.

Et, selon un principe là encore conforme à la tradition du pays, toutes les sociétés sont inscrites au registre du commerce sous le nom d'Odette. Les exemples ne manquent pas d'une telle admirable foi dans le caractère imputrescible du lien conjugal.

Sous l'impulsion du jeune entrepreneur, l'affaire prend assez vite tournure. Déjà, au sommet de la falaise, des immeubles postmodernes ont pris la place des vénérables châtaigniers. Une batterie d'ascenseurs transparents, enfermés dans des tubes de plexiglas, éclairés la nuit de couleurs joyeuses, relie le plateau à l'entrée de la grotte, qui a pris les dimensions d'un arc de triomphe.

Le plateau, débarrassé de sa chevelure hirsute, a été entièrement paysagé, et garni de bâtiments aux formes imprévisibles : les Pavillons Humanitaires.

Chaque pavillon est consacré à un thème particulier : Pavillon des Droits de l'Homme, où, sous forme d'expositions humaines temporaires, le public pourra voir, entendre et toucher de véritables Indiens du Chiapas, d'authentiques Yanomami ou d'incontestables dissidents chinois ; Pavillon des Sévices, où seront exposés les différents moyens inventés par l'homme pour faire dire n'importe quoi à son prochain (de la fruste tenaille au sérum de vérité vraie) ; Pavillon de la Peine de Mort, où l'on pourra contempler les divers moyens inventés par l'homme pour empêcher définitivement son prochain de dire n'importe quoi ; sans oublier le Pavillon des Génocides, le Pavillon de la Modernité Virtuelle, le Pavillon de l'Actualité Immédiate, le Pavillon de la Traite des Blanches, ou celui des Nations Unies, immense volière en forme de globe, peuplée de colombes nichant dans des casques bleus (le projet, issu de la cervelle de Monsieur le maire, de transformer ce dernier pavillon en stand de tir au pigeon a très vite été écarté).

Après cette entrée en matière, les visiteurs pourront faire une halte au Pavillon de la Cuisine Rapide, ou à celui des Souvenirs, dont les gérants ont payé une fortune la location de leurs emplacements afin de pouvoir vendre des morceaux de buvard baptisés « blanc de poulet » ou des porte-clés en forme de guillotines.

Puis c'est la descente vers la grotte, par les ascenseurs ou par l'un des toboggans qui s'entrecroisent à flanc de falaise.

La grotte a été aménagée de façon à pouvoir recevoir des fournées de spectateurs importantes et régulières. Les parois peintes sont recouvertes d'une pellicule de silicone destinée à protéger autant que possible les peintures. La salle est climatisée, et pourvue d'un système de drainage qui élimine toute trace d'humidité.

Le fond de la salle a été creusé pour accueillir une vaste scène, munie des équipements aptes à susciter la ferveur et l'émotion populaires — carboglace, fumigènes, varilights —, qui se prolonge sur les côtés de façon à emprisonner les spectateurs dans un grand fer à cheval.

Une troupe de comédiens spécialement formés par des paléontologues y jouera des saynètes de la vie préhistorique. Les représentations seront ponctuées d'improvisations sur des sujets brûlants de l'actualité, avec interventions d'individus impliqués dans les faits, spécialement importés.

— Nous entrons dans l'ère de la solidarité, explique Adam à sa jeune femme, sans faire l'effort de paraître y croire. Incitons les gens à donner. L'humanité sera enfin humanisée grâce au geste élémentaire du don.

Des urnes gigantesques se trouvent d'ailleurs à la sortie, où chacun pourra déposer sa contribution à l'Avancée Décisive (« AD », pour les militants). Les dons seront répartis entre différentes associations qui ont entrepris de rendre la planète habitable (après déduction des frais de fonctionnement du site, malheureusement considérables, déplore Adam).

Aucun doute ne doit subsister, dans l'esprit des visiteurs, quant au fait que l'Histoire a un sens, et que l'humanité, après des millénaires d'errance et de misère, s'avance résolument vers le mieux.

Heureusement, l'eau ne manquera pas : Noah a installé le blessé à proximité d'une petite mare. Il presse une poignée de mousse imbibée d'eau au-dessus de la bouche de Bonté-Même. Les lèvres du blessé sont exsangues et craquelées. Sa peau, tendue sur l'os, hérissée de poils que le vent de la steppe charge de poussière, a la pâleur de l'ivoire ; mais des rougeurs soudaines la traversent, en écoutant son ami mentir avec gravité. Il est si réconfortant, à l'heure du trépas, d'apprendre qu'on a engendré un philanthrope.

27

Derrière le bureau directorial, une immense baie vitrée en arc de cercle surplombe la falaise. Avec un peu de bonne volonté, on peut imaginer la vallée telle qu'elle était, quelque part entre le big-bang et nous, à l'époque des premiers hommes.

— Avec un peu de bonne volonté (explique Adam en faisant pivoter son fauteuil en peau de pécari spécialement dessiné pour lui par un designer maumau), on peut imaginer la vallée telle qu'elle était, quelque part entre le big-bang et nous, à l'époque des premiers hommes...

Odette ne manque pas de bonne volonté, mais elle n'a pas d'imagination — ou elle l'emploie à d'autres fins.

Elle est assise, du bout des fesses, sur la chaise étroite réservée aux visiteurs.

— Adam, nous sommes le 7 juillet, annonce-t-elle d'une voix mélancolique.

Adam se tape le front, appuie sur le bouton de l'interphone, s'assure auprès d'une secrétaire que les commandes de juin ont bien été faxées, puis remet sa bouche en position sourire et regarde à nouveau sa femme.

— Nous sommes le 7 juillet, Adam.

— Pas de problème. Tu as entendu, les factures ont été envoyées. Tout se passe bien, en bas ? Il faut me signaler ce qui ne va pas. J'ai l'impression qu'il y a de fortes têtes, dans la nouvelle équipe.

— Le 7 juillet est la date anniversaire de notre mariage.

— Un an, déjà ? Comme c'est amusant, dit Adam, sans se départir de son sourire.

— En un an, combien avons-nous eu de journées *pour nous* ?

— Nous nous voyons tous les jours, n'est-ce pas ? vérifie Adam en accentuant son sourire.

— Je pensais que nous pourrions peut-être partir une semaine, tu vois... Un petit voyage... J'aimerais bien connaître Venise.

— Venise ! s'écrie Adam d'un air écœuré. Moi non plus, je ne connais pas Venise. L'eau croupie, l'ennui, les moustiques, les Italiens, l'oisiveté, merci... Autant visiter les égouts de Paris.

— Adam, tu m'avais promis...

— Ne commence pas, Odette, ne commence pas. Nous attendons pour le début de la semaine un arrivage de Cheyennes alcooliques. Il faut mettre au point le spectacle, beaucoup de travail en perspective. De quoi attendrir les cœurs et vider les portefeuilles. Pour payer ton voyage, plus tard. Tu vois, je pense à toi. L'entretien est terminé, annonce Adam, qui sourit de plus en plus.

— Tu as tort. Je ne suis pas la seule à vouloir me détendre. Les employés aussi sont fatigués. Ils n'en peuvent plus. Ils vont finir par te détester, prévient Odette.

(Et ne pourrait-on percevoir, dans le ton de sa voix, une pointe de fermeté, voire un soupçon de froideur?)

— Ne t'inquiète pas pour moi. Tu m'aimes, n'est-ce pas l'essentiel? demande Adam, franchement hilare.

La jeune femme se lève, s'apprête à quitter la pièce.

— Ah, j'oubliais. Je suis enceinte, dit-elle avant de sortir.

(Cette fois, c'est indéniable, Odette a changé de ton.)

Le bruit de la porte qui se referme a réveillé Noah. Un soleil sanglant s'égoutte sur la steppe. Il entend la respiration rauque de Bonté-Même à côté de lui, entrecoupée de gémissements. Ses blessures ont cessé de saigner, mais les plaies sont gonflées, brûlantes, suintantes de pus. Il traverse des phases de délire et de fièvre, suivies de sommeils brefs et agités, comme en ce moment. Tout à l'heure la douleur le réveillera, et il se remettra à poser des questions embarrassantes.

En attendant, Noah doit partir en quête de nourriture. Il lui faut retrouver le cadavre de l'aurochs tué par les lionnes.

Il sait ce qui l'a poussé, hier, à s'éloigner du lieu de la bataille. Il voulait rapatrier Bonté-Même parmi les siens, comme si la présence de la horde pouvait lui rendre la mort plus douce.

Pendant longtemps il a marché sous le soleil, portant son ami sur son dos, puis il a bien fallu se rendre à l'évidence : ses forces ne lui permettraient pas d'atteindre le fleuve avec un tel fardeau, encore moins de le traverser. Il a déposé le corps à l'ombre d'un buisson, près d'un point d'eau. Il a tenté de nettoyer les plaies avec de la salive, il s'est évertué à chasser les mouches qui s'agglutinaient sur la chair à vif en paquets bourdonnants. Ainsi la journée et la nuit ont passé, ponctuées de sommeils sporadiques. Il retrouve sans mal l'aurochs. Déjà les hyènes se sont mises au travail, et il ne reste sur la carcasse que quelques lambeaux de chair couverts de fourmis, qu'il détache avec la pointe de la sagaie. Il revient à marche forcée vers Bonté-Même, qui l'attend, adossé au tronc de l'arbuste. Le blessé tente de maintenir à distance, à l'aide d'un bâton, une meute de petits animaux non répertoriés, à dents proéminentes et à fourrure rougeâtre. Noah les chasse sans difficulté, après en avoir embroché deux. Bonté-Même en profite pour s'évanouir.

À son réveil, quelques instants plus tard, il trouve l'énergie de demander à nouveau des nouvelles d'Adam.

— Il a grandi, tu sais. Il te dépasse d'une tête. C'est un brave garçon. Ah, le brave garçon. Il se préoccupe de ceux qui souffrent.

— Il y a donc des gens qui souffrent? s'étonne Bonté-Même.

— Quelques-uns. Mais dans le bonheur général, le malheur passe inaperçu.

— Sauf de mon fils...

— Sauf de lui, en effet. Ton fils a le sens du malheur des autres.

— En dehors de ces quelques personnes qui souffrent, le monde est donc paisible, heureux?

171

— Bien sûr. L'homme change, tu vois.

— L'homme change, soupire le blessé en fermant les yeux.

28

Assis chacun sur un garde-boue du tracteur, Hélène et Noé hument l'odeur des feuilles qui leur effleurent le visage, et celle, délicieuse, émanant du conducteur : une odeur de fioul et de vache. La nuque rouge brique du paysan, hérissée de poils blancs, se détend et se tasse comme un accordéon au rythme des cahots. Le chemin étroit, mal entretenu, débouche sur une clairière. Il y a là une de ces bicoques dites méchantes, que jouxte une vigne à l'abandon. Au bout de la vigne, la vue s'échappe sur un moutonnement de collines cultivées.

— Nous y voilà, dit le paysan en se retournant vers ses passagers avec un sourire d'excuse. En prenant le sentier sur la gauche, vous pouvez être au village en vingt minutes. Une demi-heure pour le retour, avec la pente, et les courses à porter... C'est qu'il va vous falloir des jambes, attention...

— Nous en avons plusieurs, le rassure Noé en jetant sur le paysage un regard de propriétaire. Et puis nous n'aurons pas besoin de grand-chose ; il y a l'eau du puits, nous ferons pousser des légumes... Et pour la vigne, vous allez m'apprendre, pas vrai, Fernand ?

— Ma foi, c'est un métier, à ce qu'il paraît, monsieur Noé... Et la vigne n'a pas été taillée cette année, alors pour ce qui est de la prochaine vendange, tintin. Regardez-moi ça.

— Bah, je vous ai tellement observé quand j'étais petit, j'ai l'impression que ça rentrera vite.

— Alors, vous voulez vraiment vous installer ici, tous les deux ? Tout seuls ? Vous n'avez pourtant pas l'âge de la retraite. Ça vous passera, je crois bien, avec l'hiver... Le chauffage central va vous manquer, vous verrez...

— Du moment qu'on a un matelas et des couvertures, glisse Hélène avec un sourire coquin en se serrant contre Noé.

— À propos de chauffage, Fernand, nous n'aurons pas de vin, la première année. Vous aurez bien un fût ou deux à nous céder ?

— Pour ça, faut voir, répond Fernand en se grattant la nuque, et en affichant une moue dubitative qui s'achève sur un clin d'œil. M'est avis qu'on devrait pouvoir s'arranger.

29

— Ne me touche pas, conseille Odette calmement en s'écartant de lui. Tu me dégoûtes, avec tous ces poils.

Décontenancé, Adam s'immobilise, et regarde sa femme, qui a repris sa lecture. Elle est assise dans le lit, nue. Le drap est tiré jusqu'à sa taille. Sur ses cuisses est posé le livre qu'elle dévore page à page depuis quelques soirs : *La Sainte Famille*, de Karl Marx.

Comme elle est jolie, pense Adam pour la première fois. Il va pourtant falloir sévir. Il lui retire le livre des mains — sans doute un roman à l'eau de rose, écrit par un Juif, encore — et s'allonge sur sa moitié. Personne ne l'empêchera d'accomplir son labeur conjugal, d'autant qu'il ne lui reste que dix minutes, s'il veut avoir son compte de sommeil.

Douze minutes plus tard (il s'est accordé une petite rallonge), Adam se retourne et s'endort, en pensant qu'il devrait faire davantage d'exercice, et que les femmes sont bien ingrates de manifester si chichement leur plaisir lorsqu'on se dépense pour elles.

Odette se lève. Elle ouvre la fenêtre, reste long-temps, mains posées sur son ventre encore plat, à contempler le site livré au calme de la nuit.

Dans quelques heures, la procession des autobus commencera, le défilé des humanistes en short et en tongues, la noria cafardeuse des ventres-mous, venus en pèlerinage au temple de la Solidarité et du Progrès avant de rentrer vivre chez leur télévision.

Demain, elle parlera aux employés, elle leur rappellera leurs droits. C'est la guerre qui commence, se dit-elle sans joie.

Elle enfile une robe, des sandales, un lainage fin.

L'ascenseur la conduit, le long de la paroi, jusqu'au pied de la falaise. La lune répand sur la vallée une lumière malade. Après avoir composé le code, elle pousse l'énorme grille en fer forgé, marquée aux initiales d'Adam, qui ferme la grotte.

Elle n'allume pas les projecteurs, ne met pas en marche le tapis roulant qui conduit à la grande salle. Éclairées par les seules veilleuses de sécurité, les parois prennent un aspect fantasmagorique. Dans la demi-pénombre, elle voit courir les lions et se battre les hyènes, au milieu d'un nuage de poussière vibrant de bruits. Plus loin, elle assiste à la charge grondante des rhinocéros laineux. Ils galopent pesamment sur la glace (de la glace, oui, elle vient juste de le comprendre), l'air furieux et buté. Elle les voyait tout à l'heure de profil, maintenant ils foncent sur elle; leurs petits yeux noirs sautent comme des billes, sous la herse mouvante des cornes. Elle lève le bras, d'instinct, pour arrêter leur course, et ferme les yeux. Craquements de la glace, tumulte d'eau, puis tout s'apaise.

J'aurais dû vivre en ce temps-là, pense Odette, les yeux fermés. Un homme m'aurait aimée, nous aurions eu un enfant ensemble.

Bonté-Même a les yeux grands ouverts. Il regarde fixement, sans ciller, le soleil de midi qui brille au-dessus de lui. Ses blessures ne le font plus souffrir. Un vent chaud peigne les herbes, agace les cheveux du mort. À qui parler, maintenant? se demande Noah en passant la main sur le front de son compagnon, et son ventre se noue, et la steppe, à perte de vue, est accablée de solitude et de silence. À qui parler, et en compagnie de qui se taire?

Il l'a trouvé ainsi tout à l'heure, au retour d'une chasse infructueuse. Un instant, il a pensé qu'il resterait là, qu'il finirait ses jours près de la dépouille de Bonté-Même. Mais il sait que l'hiver le chassera, que ses jours sont sans fin, que sa place n'est toujours pas chez les morts, mais chez les vivants.

D'ordinaire, la horde abandonne les cadavres à la vermine et aux charognards. Pour la première fois, Noah sent qu'il y a là quelque chose d'injuste, d'inhumain. L'idée de ce corps dépecé par les dents des hyènes, déchiqueté par les becs des oiseaux, parcouru par des vers de toutes tailles et de toutes couleurs, lui est insupportable.

Avec la pointe de sa sagaie, il coupe une longue mèche des cheveux de son ami, et en confectionne une tresse qu'il noue autour de son poignet.

Il pourrait manger le corps, certes. Mais l'appétit lui manque. Il va chercher du bois pour construire un bûcher. Il trouvera bien, ensuite, un moyen de l'allumer.

Sur un matelas d'herbes sèches, il dispose un monceau de bois au-dessus duquel il allonge le mort. Noah n'a pas trouvé le moindre silex dans les environs, et il reste bras ballants devant son inutile monument. La situation pourrait s'éterniser, mais le soleil, dans sa clémence, avise à la base du bûcher un morceau de mica sur lequel il darde ses rayons.

Une odeur d'herbe grillée commence à monter, une odeur gaie, de début de fête. Puis, en quelques instants, Bonté-Même disparaît dans de gros bouillons de fumée que le vent disperse.

Noah ne s'attarde pas. Il sent que les forces pourraient lui manquer. Il est déjà loin quand, en se retournant, il voit une barre de fumée courir sur une partie de l'horizon. Le feu a gagné les herbes, autour du bûcher. Il dévore maintenant la steppe, et galope dans la direction opposée à celle de Noah, vers l'inconnu.

— Tu crois que c'est un incendie?

— Mais non. Un paysan qui fait brûler des ronces. Ça me donne soif, tiens... Verse m'en un autre.

— La bouteille est vide, dis donc. Il faudrait aller la remplir... Non, laisse, je vais y aller. Dans cinq minutes, mettons.

Hélène et Noé se taisent pendant un long moment. Ils sont assis sur le banc de pierre, adossés au mur encore chaud de la maison, face au soleil qui se couche.

— C'est toi qui avais raison, dans le fond, dit Hélène, rêveuse.

— J'ai eu raison? Moi?

— De ne pas vouloir d'enfant.

— Ah, oui. Nous avons bien fait de ne pas en avoir. Cette bouteille, je crois qu'il vaut mieux que j'aille la chercher moi-même.

Elle ne répond pas, il ne bouge pas. Là-bas le soleil prend ses aises, vautré sur un lit de nuages roses. Côte à côte, tête appuyée contre le mur chaud, ils se tiennent la main.

— Fricassée de girolles à l'ail et au poivre, dit Noé.

— Banco, dit Hélène.

Cinq minutes de silence.

Puis il se lève, disparaît à l'intérieur de la cuisine, ressort avec une bouteille, verse un verre de vin à Hélène, disparaît de nouveau.

— Et demain, dit Noé depuis la cuisine, omelette aux goujons. Fernand me prête ses cannes. Il faudra penser à mettre du blanc au frais dans le puits.

Hélène pose les yeux sur son travail de la journée : une grande pierre plate en schiste, posée contre un piquet de vigne, sur laquelle elle a peint. Elle utilise de l'argile rouge ou blanche pilée, du charbon de bois, des oxydes de fer pulvérisés : recettes authentifiées par Noé, qui les tient paraît-il de l'homme de Cro-Magnon en personne.

Les pierres peintes d'Hélène sont disséminées aux alentours. Elle peint aussi sur des sacs d'engrais en plastique, ou sur des morceaux de toile de jute qu'elle suspend aux branches des arbres, qu'elle dispose dans des niches à l'intérieur des buissons d'épineux... La pluie lavera tout ça, le vent arrachera les pigments, le soleil blanchira les traces restantes. Rien d'impérissable, dit Hélène.

Noé sort de la cuisine, portant cérémonieusement

deux assiettes qu'il dispose sur la table pliante. Les pépites safran des girolles font rire la faïence.

Après le repas, ils fument une cigarette en vidant leurs verres.

Le soleil s'est enfin écroulé derrière l'horizon, dans une débauche de fuchsia, à la limite du bon goût.

— Je suis pompette, annonce Hélène.

— Pourvu que ça dure, soupire Noé, mais il ne sait pas lui-même à quoi il fait allusion.

Tout à l'heure, ils iront se coucher, après avoir goûté, sans doute, l'eau-de-vie de poire de Fernand.

Demain sera un autre jour, et ce sera le même jour.

On ne parlera plus d'eux.

Ils verront la pluie rincer le paysage, le vent décrocher les feuilles des arbres. Cet hiver, peut-être un peu de neige. Ils feront du feu dans la cheminée en attendant les premiers bourgeons.

Et ils vivront jusqu'à leur mort.

30

— L'homme a-t-il changé? hurle la voix, qui court le long des haut-parleurs encastrés tous les mètres dans la paroi.

Une explosion de musique électrique lui succède aussitôt, accompagnée d'éclairs et de fumées tourbillonnantes; puis une vague d'infrasons fait trembler l'air, submerge la foule, dilate et comprime alternativement les poitrines tandis que la musique reflue : c'est un barrissement sourd venu d'outre-tombe, la plainte d'un monstre appelant du fond d'un immémorial abysse de solitude.

— L'homme a-t-il changé? hurle à nouveau la voix dans un fracas redoublé de sons et de lumières.

Sur la scène, soudain, un éventail de faisceaux multicolores se déploie, à la base duquel apparaît Adam, incongru dans son blazer bleu, les jambes plantées dans un bouillonnement de vapeur blanche à l'aspect de crème fouettée, qui couvre le sol et se déverse de la scène en molle cataracte.

— Eh bien, crie Adam... oui! — et aussitôt le silence s'abat, assourdissant.

Une lumière bleutée se répand progressivement, tandis que l'écho s'épuise à l'intérieur des crânes.

— Oui, reprend Adam d'une voix douce maintenant (répercutée dans les enceintes avec un léger effet de réverbération, grâce au micro VHF planté dans sa cravate). Oui, l'homme change, mes amis. L'homme change... C'est une assez bonne nouvelle. Les spectateurs, pris dans la nasse de la scène en U, en éprouvent quelque satisfaction. Le professeur de Mont-de-Marsan, au premier rang, là, avec ses grosses lunettes et son casque de cheveux bouclés, se dit qu'il pourrait bien être, après tout, un spécimen représentatif de l'homme à venir — inachevé, certes, bien fragile, il en est douloureusement conscient (mais la conscience douloureuse n'est-elle pas un indiscutable label d'appartenance à l'humanité nouvelle?). Le critique d'art parmesan, venu ici en compagnie de sa femme, de sa sœur et de sa mère, se souvient que seules sa méconnaissance du maniement des armes, son ignorance de la situation politique locale, sa phobie du contact physique et de la promiscuité, son absence de sens de l'organisation et les traites de sa résidence secondaire l'ont empêché de mettre sur pied une brigade autonome d'intervention humanitaire en Bosnie. Il s'en est fallu de peu. La jeune punkette aux cheveux verts, avec son rat blanc sur l'épaule, ne regrette pas les trois jours d'auto-stop, les camionneurs lubriques, les nuits sans sommeil : l'homme nouveau, avec son blazer bleu, a décidément de la gueule.

— L'heure est venue de dénoncer la criminelle immobilité de l'espèce... L'heure est venue de regarder l'homme tel qu'il a été, tel qu'il est encore bien souvent, tel qu'il ne sera plus dès demain, grâce à

182

nous, grâce à nos forces conjuguées... Pendant longtemps nous avons été sourds et aveugles. La technique nous donne maintenant les moyens de voir et d'entendre. Écoutez! Regardez!

Comme chaque soir, sous la houlette d'Adam et par la grâce de dispositifs ingénieux, le public va pouvoir rafraîchir sa mémoire collective.

D'abord, le noir et le silence.

Puis une partie de la paroi s'éclaire comme de l'intérieur. Noah, qui plane dans l'air saturé d'odeurs chaudes, la reconnaît immédiatement : il s'agit de la charge des rhinocéros laineux — œuvre de sa pleine maturité, dont il n'est pas rien fier.

Le tonnerre de la cavalcade enfle et gronde dans les haut-parleurs, un martèlement obstiné, si terrible que les spectateurs ont l'impression que les pachydermes leur courent sur la tête. Sur la pierre, les silhouettes massives se mettent à trembler, voici qu'elles s'ébrouent et s'ébranlent, se détachent de la paroi, prennent vie et vitesse : un troupeau de rhinocéros virtuels s'élance le long du fer à cheval de la scène, encerclant les spectateurs qui sentent le grand souffle des origines leur fouetter le visage.

Arrivés en bout de course, les rhinocéros se précipitent un à un dans le néant, tandis qu'à un autre endroit de la scène apparaissent maintenant les premiers hommes dans un cylindre de lumière blanche : petits, velus, l'arcade sourcilière proéminente, dépourvus de mentons, criants de vérité avec leur air sournois, au point que Noah, un instant, croit reconnaître en l'un d'eux le défunt Haute-Futaie.

Ils sont quatre, assis sur le sol, occupés à dévorer ce qui reste de viande sur la carcasse d'une grosse volaille (mais où ont-ils pu trouver un ptérodactyle ? se demande Noah, qui n'en a pas remarqué un seul l'autre jour, en traversant la forêt sur le capot d'une automobile).

Un repas ordinaire, en somme. On mâche en grognant de plaisir, on caresse la tête de ses commensaux en signe d'amitié, on se repasse un os avec un bruit de lèvres signifiant que c'est du nanan, on rit, puis quelqu'un s'aperçoit qu'il manque une joue, les sourires se figent, on se scrute, on se lève, on n'a plus d'appétit, une main saisit un gourdin, un crâne part à la rencontre du gourdin, un os craque — bruit familier pour Noah, qui annonce qu'on arrive au dessert — et à cet instant précis la voix d'Adam jaillit : « L'homme a-t-il changé ? » Silence, nouveau coup de gourdin, la question retentit derechef, silence.

Dans l'assemblée, chacun tente à part soi de répondre, après avoir observé ses voisins à la dérobée. (Un peu, tout de même, non ? Mais si, l'homme a changé. Allons. Et en mieux, ça saute aux yeux.)

Odette, depuis la cabine de régie, observe et écoute son mari passer en revue toutes les formes d'exploitation, de domination, d'asservissement, d'humiliation, de dégradation mises en œuvre par l'homme au cours des millénaires (le spectacle est assez long).

Nous en sommes maintenant à la scène d'anthropophagie, avec les mêmes acteurs que dans l'épisode précédent : le mangeur de joue a été démasqué et puni, c'est lui qu'on mange à présent. On grogne de plaisir, on caresse la tête de ses commensaux en signe d'amitié, on se repasse la rate, mais non, je n'en ferai rien, puis quelqu'un s'aperçoit qu'il manque un auriculaire, le morceau le plus convoité.

Les effets spéciaux ont été soignés : la victime semble réellement dépecée par ses congénères, le sang (ce n'est pas du sang de bœuf, mais un produit dont les taches disparaissent d'elles-mêmes au bout de quelques heures) gicle à profusion, jusque sur les premiers rangs d'où montent de petits cris ravis.

La séquence préhistorique comporte trois volets. Maintenant, c'est l'inévitable scène sentimentale. Une femme à quatre pattes cherche des noisettes sur le sol, casse les coquilles avec ses dents et mâche pensivement tandis que l'homme, derrière elle, besogne bravement. (Belle imagination, ce metteur en scène, se dit Noah.)

— Voilà ce que nous étions, proclame Adam, qui a tenu, afin de mieux marquer les consciences, à ce que les acteurs ne simulent rien.

L'homme, qui n'a pas le rôle le plus facile, a les yeux rougis et un air égaré : incapable de soutenir le rythme du spectacle, il s'est mis depuis quelques jours à boire de l'éther, dont on lui a vanté les vertus aphrodisiaques — et il faut dire que le résultat dépasse tous les espoirs.

— Avons nous changé ? demande la voix.

L'assemblée reste coite.

Dans la cabine, le régisseur regarde sa montre en soupirant. Ça traîne. Vivement le massacre des Innocents.

Les scènes se succèdent : bûchers, crucifixions, répressions ouvrières ou raciales, Monte Cassino. Une négresse à plateaux, dénichée à vil prix, arpente un moment la scène d'un pas morose. Les Cheyennes alcooliques, en fin de contrat, ont décidé de rester, bien qu'ils ne soient plus rémunérés : Adam les

185

abreuve à volonté d'un alcool de riz fabriqué dans une distillerie clandestine de la Butte-aux-Cailles, qu'il paie au tarif de l'eau plate.

Le clou de la soirée est sans conteste la scène où l'on voit de petits Pakistanais de cinq ou six ans, enchaînés à un métier à tisser, réaliser de leurs doigts si fins, si agiles, un véritable tapis de soie : le motif en est un poing serré sur un rameau d'olivier. L'autorisation n'a pas été facile à obtenir, mais le ministre était prêt à beaucoup de concessions pour l'édification des peuples.

— Ah, quelle sorte d'humanité a pu produire de telles horreurs ? se lamente la voix d'Adam. Celle de nos pères et de nos aïeux. Mais aujourd'hui, rien de ce qui se passe sur notre planète ne peut plus nous être étranger ! Nous avons les moyens de voir et de savoir ! Nous avons les moyens d'être partout !

Odette a mal au cœur. Elle voit son reflet sur la vitre inclinée de la cabine de régie, que baigne une faible lumière verte. La voix de son mari grésille dans les retours. A-t-elle vraiment aimé cet homme, un jour ? Elle pose les mains sur son ventre à peine rebondi. À quoi ressemblera l'enfant ? Devra-t-elle le jeter au milieu de cette foule dont elle voit les têtes, en bas, luire et grouiller comme une marée de crabes ?

Elle ferme les yeux, quelqu'un lui propose un siège, elle se laisse aller, il faudrait pouvoir dormir.

Le spectacle s'achève en apothéose, dans une explosion d'images et de bruits qui accompagne les représentations de l'humanité en marche vers son salut, enfin. Processions de camions chargés de médicaments sur un sentier de montagne enneigé ;

186

sans-logis gais mais dignes forçant la porte d'un immeuble inoccupé; détenus libérés, foules en liesse; banlieues pacifiées où des adolescents jouent au football avec des policiers; scènes émouvantes et joyeuses, comme celle de cet homme distribuant à pleines poignées de la farine de manioc à des enfants décharnés, devant une batterie de caméras, et, franchement, le fait que l'homme soit ministre n'enlève rien à la beauté du geste.

— Mais le bonheur, la santé, la liberté ont un prix, conclut Adam.

Odette sait qu'il va maintenant se lancer dans une péroraison enfiévrée sur le thème du don, soutenu par la musique émolliente de John-Michaël Amphore, le célèbre marchand de sons. Adam a l'art d'attendrir les cœurs, comme les bons bouchers. Le public, déjà, est aspiré vers la sortie, on se presse en silence dans l'écho de la voix qui n'en finit pas de mourir, on se dit qu'on n'a pas été volé, qu'on a compris des choses, qu'on est devenu meilleur; et le prix d'entrée avait beau être élevé, on se sent prêt à donner davantage encore à la sortie.

C'est le Don incarné qui procède à petits pas vers les jarres sculptées, le Don aux mille mains glissées dans les nombreux orifices aménagés à cet effet («Les pièces ne sont pas acceptées», précise une pancarte, mais cela va tellement de soi que certains s'en offusqueraient presque).

Dans les ascenseurs vitrés, face à la vallée sombre qui s'éloigne, les langues commencent à se délier. Le maire et son épouse, qui assistent à tous les spectacles et en connaissent chaque variante car ils bénéficient d'une invitation permanente, échangent leurs impressions.

— Comme c'est gai, comme c'est frais, s'extasie-t-elle, comprimée entre les seins d'une spacieuse Anglaise.

— C'est moderne, confirme gravement Monsieur le maire. Et ça fait venir du monde.

Ce soir, encore une fois, les hôtels neufs de Saint-Pompon seront remplis de dormeurs satisfaits.

En bas, Adam a relevé lui-même les paniers grillagés qui, à l'intérieur des jarres, recueillent les offrandes. Il les vide sur une table basse où travaillent les petits Pakistanais. C'est merveille de les voir, avec leurs doigts si fins, si agiles, trier les billets et les chèques et les assembler en liasses à une vitesse prodigieuse. Adam surveille de bout en bout l'opération, puis il range les liasses dans son porte-bonheur.

Il faut maintenant aller voir les acteurs dans la grande loge.

— Vous avez été, annonce-t-il en ouvrant brutalement la porte, très mauvais.

— Comme d'habitude, ricane une voix fêlée, celle de l'éthéromane qui, dans la cabine de douches, tente d'apaiser à grands jets d'eau froide une érection devenue permanente.

Les autres n'ont pas relevé la tête, et continuent sans mot dire à se rhabiller, à se démaquiller, à ranger les peaux de bête synthétiques et les costumes sur des cintres.

— Ça sent l'éther, ici, constate Adam.

— Comme d'habitude, ricane la voix sous la douche.

— Vous avez une raison d'être ici, vous? demande

Adam aux machinistes et aux techniciens assis sur des malles.

Ils ne répondent pas. Adam entend, derrière lui, la porte de la loge se fermer.

— Et toi, que fais-tu là? demande-t-il à Odette, assise au milieu des hommes, une vraie bolchevique, et dans son état.

Odette sourit. Pauvre, pauvre Adam. Mais ce n'est pas un sourire gai, non, elle pense qu'elle a eu tort de vouloir un enfant de cet homme, que sa vie ne ressemble pas à grand-chose, et que l'avenir ne ressemble à rien.

— Ah, quand même! dit la voix dans la cabine de douche, et le bruit d'eau cesse quelques secondes plus tard.

Odette cherche ses mots. Il va falloir expliquer à Adam que ces gens ne sont pas contents, mais pas contents du tout. Expliquer qu'elle a dû faire preuve de beaucoup de persuasion pour les convaincre de l'inopportunité d'un lynchage.

Mais Adam comprend vite et bien. Il n'a pas besoin d'explications.

— Je vous augmente, annonce-t-il d'une voix froide. Tous.

On se regarde mutuellement, dans l'espoir de voir autrui enfler instantanément.

— Dès demain, ajoute Adam, glacial. Avec une prime pour les anciens. Ne me remerciez pas, c'est de bon cœur. Maintenant foutez-moi le camp.

Il suffira, se dit-il, de les faire tenir jusqu'au spectacle de demain soir. Après-demain, relâche, ce qui lui laisse deux jours pour renouveler l'équipe au complet. C'est plus que suffisant, avec ses relations ; et si ces hooligans pensent obtenir des indemnités, c'est qu'ils ont mal lu leurs contrats.

Adam est déjà au lit. Odette rêve devant la fenêtre.
— Tu es de leur côté ?
— Non, répond Odette.
Elle n'est d'aucun côté, Odette. Elle n'est nulle part, Odette.
Adam l'informe de sa décision, puis il ferme les yeux et s'endort.
Elle n'est d'aucun côté, certes. Mais peut-elle faire autrement que de prévenir les futurs licenciés ? Elle attendra le dernier moment, juste avant le spectacle, afin d'éviter un malheur.

31

En l'absence de Noah, une guerre de religion avait éclaté. Il reprit sa place dans une horde dévastée par un conflit qui avait provoqué la disparition de près de la moitié des hommes et des femmes valides. Le conflit couvait depuis longtemps; Noah et Bonté-Même l'avaient prévu, sans trouver le moyen de mettre en garde leurs congénères contre les conséquences d'une double poussée intégriste.

Deux partis s'opposaient. Les adorateurs de la Tête d'Ours avaient pris l'habitude de se prosterner devant un crâne de plantigrade mal nettoyé et plutôt laid, installé au sommet d'un mât, convaincus que de telles cérémonies collectives éloigneraient les dangers et le froid, et ne pouvaient en tout cas pas faire de mal — si ce n'est aux garçons impubères qu'on sacrifiait de temps à autre au pied du mât, par précaution.

Les dévots de la Lune, eux, préféraient les filles vierges. Ils avaient coutume d'en éventrer une ou deux pour célébrer chaque premier quartier, dans la nuit avancée, au mépris du repos collectif, car les vierges se laissent rarement éventrer sans protester d'une voix perçante.

Ainsi naissaient régulièrement des conflits, attisés par certains parents agnostiques, peu favorables aux sacrifices qui les privaient d'une main-d'œuvre utile pour les corvées de bois ou le ménage des cavernes. Quelques interventions de Noah et de Bonté-Même avaient pu éviter que les tensions ne s'exacerbent. Cependant, leur départ pour cette malheureuse partie de chasse laissa le champ libre aux manigances des ultras, et sous l'effet d'une canicule qui échauffait les cervelles, les querelles théologiques prirent une tournure regrettable.

Voilà comment Noah, revenu seul parmi les siens, dut prendre en charge une orpheline de quatorze printemps, dont les parents, suspectés de manquer de foi pour avoir refusé d'offrir leur fils unique à un ours qu'ils jugeaient mal léché, avaient été sacrifiés en compagnie du garçon.

Avec son fin duvet blond, ses yeux rieurs et sa peau transparente, elle était belle comme l'aube, et même un peu plus. Noah décida de la baptiser Point-du-Jour.

Point-du-Jour partagea, dès lors, sa petite caverne, un deux-grottes sans confort mais plein de charme, à l'écart du campement. Les jours de Noah, assombris par la disparition de son ami (et sa tristesse se doublait de remords : Bonté-Même n'était-il pas une victime du progrès, lui qui avait payé de sa vie le désir irraisonné de Noah d'expérimenter une nouvelle invention ?), trouvèrent une gaieté nouvelle dans la compagnie de cette créature pleine de douceur et d'entrain.

Point-du-Jour riait sans raison, d'un rire si communicatif qu'il contaminait parfois Noah, à sa propre surprise.

Elle s'endormait chaque soir contre lui, pendant qu'il lui racontait des histoires qu'elle ne pouvait pas comprendre. Il couvrait alors son corps d'une fourrure, et tentait à son tour de trouver le sommeil, dans l'odeur énervante de l'adolescente.

Il lui racontait ses rêves. À elle, il pouvait dire la vérité, profitant de sa candeur gracieuse de jeune analphabète.

Il avait décidé de la protéger des hommes. Il ne laisserait pas le premier primate venu la culbuter contre un tronc d'arbre comme une vulgaire australopithèque. Point-du-Jour patienterait autant qu'il le faudrait, bien qu'elle fût en âge de procréer : il fallait lui laisser le temps de trouver un compagnon digne d'elle.

Or un événement déjoua les projets de Noah, tellement prodigieux qu'il ne s'est répété, depuis, qu'à une seule reprise dans toute l'histoire de l'humanité, du côté de Bethléem : l'enfant vint avant le mari.

La conception immaculée eut lieu une nuit, au sortir d'un rêve de Noah — rêve qui devait clore une série trop longue à son gré.

Ce soir-là, Point-du-Jour s'était endormie aux accents du *Petit Quinquin*, chanson que Noah avait entendue de la bouche d'Hélène, au cours d'un rêve ancien, et qui lui était revenue inopinément à la mémoire.

Il avait sombré à son tour dans le sommeil — un sommeil agité, malheureux, traversé de couleurs violentes, de musiques barbares et de cris.

32

Le dernier rêve de Noah commence comme le précédent. C'est l'entrée de la foule dans la grotte, l'explosion de musique électrique et de lumières qui succède à la question posée par Adam, la charge des rhinocéros qui arrache aux spectateurs des cris de surprise et de frayeur. Ce soir, comme la veille, chacun scrute son âme et celle de son voisin pour déterminer si l'homme a changé ou non. Un observateur averti, ou abonné au spectacle, pourrait répondre par l'affirmative en observant les faciès des acteurs qui maintenant dépiautent sur la scène une grosse volaille. Il pourrait noter, dans l'expression de leurs traits alourdis par le maquillage et les faux poils, un je-ne-sais-quoi de revêche indécelable hier, un soupçon de hargne, voire une grosse pointe de méchanceté dont il serait bien en peine de définir l'origine.

Odette a une idée sur la question. Tout à l'heure, elle a réuni les acteurs et les techniciens, et leur a expliqué que l'augmentation promise par Adam ne concernait pas leurs appointements ni la taille des sandwiches lors des pauses, mais leur futur temps libre, et que la prime consisterait sans doute dans la location d'un car à destination du bureau de chômage le plus proche. Contrairement à ce qu'elle prévoyait, ils n'ont pas protesté, n'ont pas conspué le patronat avide du sang du prolétaire; ils n'ont pas voté la grève immédiate, illimitée, avec occupation des grottes; ils se sont regardés les uns les autres, longuement, oh, très longuement, unis dans un silence lourd de promesses — troublé seulement par le râle satisfait de l'un d'entre eux, qui venait d'avaler une grosse lampée d'éther.

Désormais, il n'y a plus rien à faire, se dit-elle. Même le visage du régisseur, penché sur ses manettes, ses boutons, ses cadrans, l'inquiéterait, si l'inquiétude pouvait encore avoir quelque prise sur elle.

Or, plus rien ne l'atteint.

Elle voudrait que cesse de grandir en elle cet embryon qui lui fait peur, elle voudrait que son ventre se rétracte, que son corps rétrécisse pour n'être plus qu'un point invisible de l'univers, elle voudrait ne plus sentir, ne plus entendre et ne plus voir — ne pas voir, par exemple, ce qui se passe en bas, sur la partie de la scène que la lumière vient de déserter, dans le brouillard compact de la carboglace, tandis que sur la gauche, dans leur cylindre de lumière, les acteurs en sont au premier coup de gourdin de fin de repas, elle voudrait ne pas voir les colossaux Cheyennes se ruer dans la pénombre sur Adam et le déshabiller, ne pas voir le régisseur couper d'un geste sec le son du micro-cravate et envoyer un enregistrement de la voix d'Adam, ne pas voir son mari, vêtu seulement d'un pagne de fausse fourrure, emmené de force sur le lieu du deuxième banquet, ne pas constater que, de tous, il est le plus vraisemblable des néandertaliens, avec sa toison fournie, ses membres courts, son crâne aplati, bref sa physionomie si, comment dire, particulière, ne pas voir, oh ne plus rien voir — mais elle ne voit plus puisqu'elle a fermé les yeux, et sans doute est-ce dans un rêve malade que les convives dépècent joyeusement le corps du pauvre, pauvre Adam, sans doute est-ce dans un songe écœurant que l'épouse de Monsieur le maire, dont le tailleur absorbe de grosses gouttes de liquide tiède, crie « De plus en plus fort ! » et s'émerveille en frappant l'une contre l'autre ses délicates menottes, sans doute est-ce dans un cauchemar qu'elle voit l'éthéromane, ravi d'échapper au bagne coïtal, allumer une cigarette et exploser parmi les Aah et les Ooh extatiques du public, oui, dans un mauvais rêve, sans aucun doute.

Elle ignore comment elle est arrivée sur la terrasse, au faîte du bâtiment de fonction dont la façade prolonge d'une hauteur de deux étages la paroi à pic de la falaise.

Le vent est doux et simple comme un bonjour. Qu'il la caresse, qu'il la choie, qu'il lui rende l'odeur de la forêt et de l'enfance. Qu'elle soit seule avec le vent, qu'elle soit seule avec son bébé sans futur, qu'elle n'entende plus les bruits et les cris de la foule qui s'échappe en désordre de la grotte, cinquante mètres plus bas.

Noah est à ses côtés. Il a passé son bras d'air autour de sa taille, il s'accroche à elle, la serre contre lui, mais elle ne le sent pas. Il n'y a pas de consolation pour elle, elle n'en a plus envie ni besoin.

196

Le vent l'emporte comme une feuille, elle s'est laissé cueillir et elle vole. Noah se serre contre elle, il comprend cette femme comme personne, ils sont de la même terre, ils sont de la même impatience, ils ont le même âge, lui avec ses cheveux délavés par des saisons sans nombre, elle avec son corps à peine éclos dont il tente de capter les derniers tremblements. Odette se croit seule enfin, elle flotte dans le vent chaud, insoucieuse de l'homme qui la rêve, elle sourit.

En dessous, le linge noir de la forêt tourne et se déploie, il l'enveloppera doucement.

La jeune femme sourit, les yeux grands ouverts. Ce n'est pas une chute, c'est la fin d'un soupir : tout, déjà, est si loin derrière. Noah sourit, lui aussi. Il tenait tout à l'heure le stylet serré dans son poing ; il le pose maintenant sur le ventre d'Odette.

Il croit sentir un mouvement sous la peau, un coup de pied, peut-être, coup de tête ou d'épaule. Je t'emporte, dit Noah à l'enfant. Je ne te laisse pas te perdre. Ici ou là, demain, hier, qu'importe. Tu vivras l'éternel présent de l'espèce.

Odette étend les bras, elle éclate de rire au moment où le linge noir se replie sur elle.

Un cri de douleur réveille Noah. Point-du-Jour est assise près de lui, elle le regarde sans comprendre, les traits encore flous de sommeil. Sans doute lui a-t-il fait mal sans le vouloir, dans l'agitation de son rêve. Elle lui montre avec une expression de reproche la trace rouge que le stylet a laissée sur son ventre — mais les rancunes de Point-du-Jour sont volatiles :

elle s'allonge de nouveau près du vieillard, se serre contre lui, prend sa main osseuse et blanche, la pose sur son ventre, et se rendort.

Sous sa paume, Noah sent un mouvement — un coup de pied, peut-être, un coup d'épaule ou de genou.

L'homme sans âge, qui en a vu d'autres, et tellement, et tellement trop, sent monter en lui un bonheur de bourgeon.

L'éternel présent de l'espèce.

Nous aurons du travail.

Tu m'aideras.

Il faut tout reprendre à zéro.

*Composition Euronumérique
et impression B.C.I.
à Saint-Amand (Cher), le 29 juin 1995.
Dépôt légal : juin 1995.
Numéro d'imprimeur : 4/532.*
ISBN 2-07-074317-9. / Imprimé en France.

73614